Literatur Quickie
VERLAG

1. Auflage 2023

www.literatur-quickie.de

Lektorat: Gunther H. Buddenhavn
Illustration Buch-Cover: Heike Küster
Layout & Satz: Ulrike Köhn
Druckerei: Beltz Grafische Betriebe GmbH

ISBN 978-3-949512-16-2

Alexander Rösler

DER MANN HIER UNTEN

Ein Roman

Literatur Quickie Verlag
Hamburg

„Wir sind Sommergäste in unserem Land.
Wir gehören nirgendwohin. Wir tun nichts.
Wir reden nur schrecklich viel."

Aus Maxim Gorki: Sommergäste.
Übersetzt und bearbeitet von
Botho Strauß und Peter Stein

„Der Tod ist keine große Sache.
Der Tod ist eine Freude!"

Aus Mali

Da ist eine Landschaft. Eine Landschaft mit Hügeln. Wolken getupft darüber, in leichtem Galopp, auch die Kronen der Bäume: ein Windspiel. Hinten rechts zieht ein Streifen Acker durch die grüne Erhebung, Spur des Menschen, Schürfwunde. Ein Jahr, menschenleer, und sie würde verheilen. In einer Senke sammelt sich Wasser. Abgerundete Ufer, Sand, Schilf. Übergang der Erde zum Wasser. Kommt her, Kröten, Nattern, Molche: Hier wechseln die Elemente, hier ist der Einstieg!
Mit der Zeit füllte ein See diesen Raum. Doch keiner kennt die Tiefen des Wassers, die Wege im Blautopf, verborgen unter den Bäuchen der Fische am Grund, die Wege im Karst, durch Spalten, Kammern und Löss, bis endlich der Fluss wieder ein Spiegel des Himmels ist. Wir denken zu horizontal.

Weyssnich-Manuskript, Never Book and Nanuscript Library, Wale University, USA

Felicitas. Fuchs.

Felicitas betritt eine Bäckerei und kauft zwei Brötchen. Auf dem Weg zum Ausgang hört sie den nächsten Kunden mit der Verkäuferin sprechen. Er spricht leise, er zischelt. Das ist ungewöhnlich in einer Bäckerei, man spricht dort mittellaut. Er bittet um altes Brot oder Brotreste. Die Verkäuferin blickt sich nach ihrer Kollegin um und schüttelt dann den Kopf. Worte benutzt sie nicht. Dann starrt sie auf ihre Auslage, bis der Mann abdreht. Die nächste Kundin sagt, dass sie ein Rosinenbrötchen möchte, nicht zu dunkel.
Der Bettler huscht an Felicitas vorbei und verschwindet. Er ist ein schmaler, sehniger Mann. Ihre Augen verbinden sich kurz. „Ein Fuchs", muss Felicitas denken. Er trägt eine Jacke mit Fransen. Felicitas beeilt sich und geht

dem Mann hinterher. Sie könnte nach Hause gehen, aber sie möchte dem Fuchs folgen.

Auch Jahrzehnte nach der Geschichte, an einem Tisch sitzend, ergraut, kaum weniger schön, wird sie keine Erklärung haben für all das, nur eine Erzählung.

Der Fuchs geht schnell. Kommen ihm zwei Menschen entgegen, dreht er sich zur Seite und spaltet das Paar in der Mitte, mit der rechten Schulter voran. Er ist in Eile, aber nicht gehetzt. Er trägt einen Wollpullover unter der Jacke, das ist doch zu warm. Er nimmt jede Abkürzung und springt über ein Geländer. Felicitas muss sich beeilen, hinterherzukommen. Die Brötchen in der Tüte stoßen im Rhythmus ihrer Schritte aneinander. Der Fuchs biegt mal nach rechts, mal nach links ab, er kennt sich aus in der Stadt, er federt in den Beinen. Die Straßen werden schmaler. An einer Mülltonne bleibt er stehen, dreht sich um und schaut Felicitas an, kurz nur. Dann bückt er sich und holt etwas aus seiner Hosentasche, ein Stück Metall, einen Haken. Er hebt einen Kanaldeckel an und steigt hinein. Zuletzt sind nur noch seine Arme und Hände zu sehen, sie ziehen den Kanaldeckel wieder an den alten Ort. Wer das sieht, weiß: Der macht das häufig. Doch kaum einer wird es sehen, so alltäglich, behände ist es: War da etwas? Hat sich da nicht etwas bewegt? Felicitas muss an ein Windhundrennen in England denken. Direkt hinter dem Ziel verschwand der Kunststoffhase, dem die dürren Hunde nachgejagt waren, hinter einer Klappe unter der Aschenbahn. Die Hunde standen für einen Moment herum, wurden dann durch Futter abgelenkt und vergaßen den Hasen. In ihren spitzen Schädeln war kein Platz für Erinnerungen.

Felicitas aber weiß, dass dieser Mann hier unter dem Kanaldeckel abgestiegen ist, in die Kanalisation, dass er da unten irgendwo sitzt. Und dann denkt sie: Hunger, richtigen Hunger, habe ich gar nicht.

Felicitas wird sich nicht ablenken lassen. Sie wird dem Fuchs und seiner Geschichte nachgehen. Sie wollte immer ein Geheimnis, auch ein Geheimnis vor Clemens. Jetzt hat sie eines.
Sie geht nach Hause, aber sie nimmt einen Umweg über das Wäldchen, die Demter-Siedlung, den Spielplatz. Bei einem Kanaldeckel bleibt sie stehen und kniet sich hinunter. Sie hakt den rechten Zeigefinger in eine Öffnung und zieht. Nichts tut sich. Eine Taube in drei Metern Entfernung legt den Kopf schief und schreitet dann weiter. Ein Mann mit Hund fragt, ob sie etwas verloren habe. Aber das ist keine Frage, es ist die Feststellung, dass man an einem Kanaldeckel nicht manipulieren dürfe. Dann zerrt der Hund den Mann nach Hause.
Beim Drehen des Schlüssels in der Wohnungstür weiß Felicitas, wie viel Kraft sie aufwenden muss. Sie weiß, wie es klingt, wenn die Tür aufgeht und sie in den Flur tritt. Dann blickt sie auf den Fußboden, ob Clemens` Schuhe da sind. Sie sind nicht da, nicht mehr. Er ist ins Retreat nach Brandenburg gefahren.
„Bin schon los, bis bald!", steht auf einem Zettel. Früher hatte er oft kleine Zeichnungen auf diesen Zetteln hinterlassen, die zum Beispiel eine kleine Staffelei zeigten, einen Pinsel, eine dampfende Espressomaschine oder den Ort, wo er hingegangen war, als sie das Retreat noch nicht hatten. Sie hat die Zettel aufgehoben in einer Box, im Keller. Jetzt stehen die Buchstaben nackt auf dem Zettel. Reicht ja auch aus, denkt sie.
Sie wäre ihm gern gegenüber getreten mit ihrem Geheimnis hinter verschlossenem Mund.

Rolf. Firma.

Rolf Stadler steht vor seinem Schreibtisch im Büro. Hinter dem Schreibtisch sind die Fenster bodentief, man blickt über die Stadt: Die Berge dahinter verbergen sich ausgerechnet heute im Dunst. In der Mitte des Bildes stört ein kleiner grauer Fleck. Der Fleck wandert mit, egal, wohin Rolf schaut. Der Fleck ist in seinen Augen. Eine Fehlfunktion, eine Kleinigkeit. Nennt sich Skotom, Zentralskotom. Keiner weiß davon außer dem Augenarzt und Rolf selbst. Man muss lernen, ihn zu ignorieren, den Fleck, auch wenn er sich vergrößern wird. Auf dem Schreibtisch stehen geleerte Sektflaschen, Teller und gestapelte Schälchen, von deren weißem Porzellan sich braune und rote Schlieren der Soßen und Nachspeisen abheben. Rolf macht ein Foto vom Schreibtisch und eines vom Blick aus dem Fenster. Das Panorama hat er immer gesehen, wenn er vor dem Schreibtisch auf und ab gegangen ist, sechzehn Jahre lang. Auf den Fotos ist der Fleck nicht zu sehen. Nur, wenn er selbst die Fotos anschaut.

Er blickt auf die übrig gebliebenen Kanapees, die wie Trümmer auf den silbernen Tabletts liegen, unregelmäßig gruppiert, umgestürzt, halbiert. Vor allem Schinken und Wurst sind übrig geblieben, von den drei Sektflaschen wurde nur eine geöffnet. Das Cateringunternehmen wird die Reste verschwinden lassen, er hat sie erst um vierzehn Uhr bestellt, er hatte die Feier falsch eingeschätzt. Macht man ja auch nur einmal, den Abschied in den Ruhestand. Die anderen müssen ja weiter arbeiten. Rolf wird ein paar Dinge aus den Schreibtischschubladen in die mitgebrachte Reisetasche tun. Die Kunstdrucke wird er hängen lassen. Er hat sich nichts vorzuwerfen. Man hat sich geeinigt: Die Sparte wird verkauft und Rolf ist sechzig Jahre alt. Da liegt die Lösung auf der Hand. Daschner übernimmt die

Gesamtleitung des Konzerns. Das hat er immer gewollt. Die Kollegen und Mitarbeiter geben vor, Rolf zu beneiden. Sie fragen ihn nach Projekten, als gehe das Leben im Ruhestand so weiter wie vorher. „Sport", hat er geantwortet, und „Reisen" und „Lesen", statt „Markteinführung Cefdirazol". Mir bleiben, hat er gedacht, ungefähr zwanzig Jahre. In diesen Jahren wird sich das Alter in mein Leben schleichen wie die Kälte unter den Wintermantel. Aber es kommt nicht von außen, es wächst im Inneren. Es kristallisiert sich. In den Knien, in den Ohren. Besonders aber in seinen Augen. Trockene Maculadegeneration hat der Augenarzt gesagt. Und Gott sieht zu.

Felicitas. Retreat.

Felicitas steht am Oberrand der Freitreppe nach draußen. Vor ihr der gepflasterte Hof des Resthofs, des Retreats, wie Clemens und sie sagen. Wer das aufgebracht hat, weiß sie nicht mehr. Sie fürchtet, es war der Makler.
Rechts und links stehen die beiden Scheunen, geradeaus ist der Blick auf die Weide frei, dahinter Pappeln, Felder. Zwischendrin zieht ein Feldweg hinunter zum See, rechts in der Ferne das Band der Landstraße.
Man muss ein bisschen verrückt sein, hatte sie gesagt, als sie den Kaufvertrag unterschrieb, vor vier Jahren. Sie hatte das zu dem Makler und dem Notar gesagt, die feierlich auf dem Parkett der Kanzlei herumstanden. Der Makler stimmte ihr zu, in einer Weise, die Felicitas von Verkäufern kannte.
„Ein bisschen mehr Verrücktheit an der richtigen Stelle würde der Welt guttun", sagte der Makler. Er wollte das Gesicht machen, das zu der Aussage passte, aber er konnte es nicht finden.

„So ist es", hatte der Notar ergänzt und die Kappe auf seinen Füllfederhalter gesteckt. Felicitas hatte schon lange keinen Füllfederhalter mehr gesehen.
Gust, ihr Vater, hatte ihr Geld vermacht. Erbe zu Lebzeiten. Dann hatte sie ihm von ihrem Plan erzählt. Das kann man gut, Gust von Plänen erzählen, von Tagträumen. Man kann ihm gegenüber Gedanken ausprobieren und ins Unreine sprechen. Das ist gut, wenn man das kann, seinem Vater gegenüber.
Sie war mit ihm nach Brandenburg auf den Resthof gefahren. Sie hatte die Anzeige gelesen, die Fotos gesehen und gespürt, dass der Ort sie anzog. Als sie dort waren, hatte schönes Wetter geherrscht, so als gehöre es zum Hof dazu. Und der Hof hatte still und offen da gelegen, man hatte hinein laufen können in das nach Norden offene Rechteck aus quer stehendem Haupthaus und den zwei großen Scheunen rechts und links. Und die Birken und die Maulbeeren und der Partylärm der Spatzen hatten das Übrige getan. Gust war damals achtundachtzig Jahre alt gewesen.
Jetzt, mit zweiundneunzig, war er in ein Alten- und Pflegeheim gezogen, ganz in der Nähe des Hofs und der Tochter. Er hatte ein paar Dinge mitnehmen dürfen. Aber diese Dinge bleiben in seinem neuen Zimmer fremd, sagt er.
In der Mitte des Raums steht das Pflegebett. Ein bisschen getarnt mit Holzapplikationen, aber eben ein Pflegebett mit dieser Fernbedienung, die die Bewegungen macht, die man selbst nicht mehr können würde, demnächst. Das Pflegebett als Nabel seiner neuen Welt.
„Als ich als junger Mann zuhause auszog", sagt er, „den Kopf voller Gedanken an Frauen, da hatte ich mein Bett auch in die Mitte meines Zimmers gestellt. Wie einen Altar." Nach einer Pause fährt er fort: „Die Altenpflegerinnen haben bei meiner Ankunft gesagt, es wäre gut, dass noch ein Mann einzöge, dann kämen die

Bewohnerinnen auf andere Gedanken. Wie findest du diese Art von Humor?"

Als sie damals den verlassenen Hof besichtigten, stand er am Rand des unbefestigten, offenen Vierecks, gekrümmt am Rollator, kurzatmig von den wenigen Metern Fußmarsch. Atmete, schwieg und schaute. Dann sagte er zu seiner Tochter, dieser Ort sei ein Versprechen. Dass sie ihn kaufen solle von dem Geld, das mal seins und jetzt ihres sei. Er machte daraus zwei oder drei Hauptsätze, mehr nicht.

Felicitas geht langsam die Treppe herunter, in Holzsandalen. Sie hat sich die Fußnägel lackiert. Das gibt ein Sommergefühl. Clemens sitzt schon draußen, trinkt Kaffee und raucht. Er hat den Grundriss der Gebäude vor sich ausgebreitet wie ein Feldherr die Messtischblätter der Umgebung. Sie haben jetzt eine Sitzecke im Hof, dort, wo ihr Vater damals stand. Der Boden des Hofs ist weitgehend gepflastert, nur in der Norwestecke sind die Handwerker noch dran.

Clemens schaut Felicitas an. Manchmal sagt er, sie sei zu dünn. Vielleicht wünscht er sie voller, weiblicher. Die Fußnägel bemerkt er wohl nicht. Er macht eine Handbewegung und vertreibt den Rauch der Zigaretten.

„Na", sagt er, „Kaffee?"

Sie nickt und streicht sich eine Haarsträhne hinter das Ohr.

„An der Ostscheune müssen sie noch die Ablaufrinnen fertig machen, dann ist sie außen komplett. Dann das Dach der Wertscheune und den Hof fertig. Und ich mach mich an das Atelierhaus hinten beim Hügel. Anfang September steigt das große Eröffnungsfest. Wie klingt das?"

Was Clemens sagt, klingt immer leicht und selbstverständlich. Er lässt die Zigarette im Mundwinkel, nimmt die Tasse in die eine und die Espressokanne in die andere Hand zum Eingießen. Es ist eine Bewegung, die gut aussehen soll und die auch gut aussieht. Clemens sieht gut aus, das weiß er auch, denkt sie. Sicher hat er die Szene mit der Kaffeetasse und der Zigarette im Mundwinkel irgendwo beobachtet und kopiert von jemandem, der sie irgendwo beobachtet und kopiert hat und so weiter.

Rolf. Reisebüro.

Vom Flughafen Basel/Mühlhausen aus gibt es einen Direktflug nach Rhodos. Rolf bucht im Reisebüro. Er lässt alles für sich machen, er will sich nicht kümmern müssen. Um was hat er sich nicht alles gekümmert, früher. Jetzt möchte er die Dinge aus der Hand geben, möchte, dass einfach etwas mit ihm geschieht. Andere dürfen für ihn entscheiden. Das Schicksal oder eben ein Reisekaufmann.
„Was gibt es für Unterkünfte dort?", fragt Rolf den Reisekaufmann. Warum wird ein Mann Reisekaufmann, denkt er. Ein Beruf ohne Zukunft.
„Nun," zögert der Mann, der ein schweres, schwarzes Brillengestell trägt, „es kommt darauf an, wohin Sie auf Rhodos reisen und in welcher Preisklasse sie buchen möchten." Die schwarze Brille betont, wie schmal und blass das Gesicht seines Gegenübers ist. Oder umgekehrt.
„Gehobene Preisklasse. Irgendwo ans Meer", sagt Rolf. Es fällt ihm schwer, so ein Satz. Er möchte sich entschuldigen für diese Unbestimmtheit. Er ist gerade passiv und uninformiert, Eigenschaften, die er verachtet. Und warum gibt es keine Frau, die mit ihm fliegt? Daran denkt er, während er dem dürren Reisekaufmann durch dessen Brillengläser in die Augen sieht. Es wäre gar nicht so wichtig, was für eine Frau das ist. Bisschen Geist natürlich, bisschen Humor und Sex-Appeal. So was darf

man natürlich heute nicht mehr fallen lassen, aber zehn Tage kann man sich immer nett machen, wenn die Sonne scheint, das Essen aufgetragen wird und man genug Geld hat. Vielleicht hätte er eine Annonce schalten sollen in der Zeitung, ist das noch üblich? Mit Partnerportalen fängt er nicht an, nicht in seinem Alter. Jedenfalls jetzt nicht.

„Hier wäre etwas“, sagt der Reisekaufmann. Er dreht den Computerbildschirm zu Rolf. „'Olympic Hotel and Spa'. Dort gäbe es noch eine Suite mit einem eigenen Pool im zwölften Stock. Das Hotel hat alles, was man sich wünschen kann.“

„Das da wäre?“, fragt Rolf. Was weiß der blasse Gehilfe von seinen Wünschen?

Der Mann liest vom Bildschirm ab: „Private Beach, Spa-Landschaft, Roomservice, Tennis, Infinity Pool.“

Rolf bucht alles. Der Brillenmann übergibt ihm einen Umschlag, in dem das Versprechen all dessen enthalten ist, in Form von Coupons und kleinen Kunststoffkarten. Sein Flug geht übermorgen. Morgen wird er sich eine neue Badehose kaufen für den Urlaub. Ein gutes Projekt, findet er, realistisch, zeitlich klar umrissen. Er hat große, internationale Projekte in der Firma betreut. Jetzt geht er eine Badehose kaufen, aber immerhin, für ein Auslandsprojekt.

Felicitas. Retreat.

Im Herbst und Winter hat Clemens wenig zu tun. Seine Kurse auf Hiddensee haben spärlichen Zulauf. Dass er ein Bild verkauft, kommt selten vor. Jetzt hat er sich einen Stand auf einem Wochenmarkt gemietet, dort kauft manchmal jemand ein Aquarell oder eine Zeichnung. Kleine Formate gehen besser als große.

Außerdem ist er dem Kunstsupermarkt beigetreten. Den gibt es auf Sylt, in Marburg, aber auch in Berlin und Wien. Daher steht „Gruppenausstellungen in Berlin und Wien" in seinem Lebenslauf.
An Sonntagen tigert er im Haus herum. Er steigt die Treppe in das Dachzimmer hoch, das ihm als Atelier dient. Die Mansarde ist in der Mitte des Haupthauses. „Wie das Zimmer des Monarchen im Barock", hat er gesagt. Er wünscht sich ein richtiges Atelierhaus auf dem Gelände, es ist geplant, er sammelt schon alte Fenster.
Oft hört Felicitas Stimmen von dort oben: Er streamt Filme. Wenn er herunterkommt, ist er unzufrieden mit sich und schimpft auch auf alles andere. Er malt kaum und wenn, hadert er mit dem Ergebnis. Er entspricht nicht der Vorstellung, die er von sich und seinen Bildern hat. Er und seine Bilder sollen eine Einheit bilden.
Sie schlägt vor, den Computer aus dem Atelier zu entfernen. Er brauche den für Recherchen, für Anregungen, sagt er. In den letzten Wochen beginnt er manchmal schon am frühen Abend mit dem Bier. Sie bemerkt, wie er den Kronkorken sehr leise öffnet, wenn sie nebenan sitzt. Manchmal ist er dann zwei Stunden später leutselig, manchmal fährt er ihr mit der Hand über den Po, manchmal wird er still, senkt das Kinn, starrt auf den Boden.
Sie sprechen von Projekten, vom Retreat, das muntert ihn auf. Sie spricht davon, aus der Ostscheune ein Mehrgenerationen-Haus zu machen, oder eine Alten-WG oder eine Dementenwohngemeinschaft. Das ist nicht das, was er sich vorstellt. Er möchte ein Stipendiaten-Haus für junge Künstler einrichten, aber er findet keine Stiftung, die das bezahlen würde. Drei Stiftungen hat er angeschrieben. Zwei haben eine Absage geschickt. Die Absage stelle aber kein Qualitätsurteil dar, stand in deren Schreiben. Die dritte Stiftung hat sich nicht gemeldet. Nachfragen möchte Clemens nicht. Vielleicht,

damit ein wenig Hoffnung verbleibt. Die Ostscheune hat bereits ein neues Dach, der Innenausbau läuft. Das Erbe reicht noch für das Dach der Westscheune, alles andere muss später kommen.
Sie könnten die zwei bereits ausgebauten Zimmer im Haupthaus probeweise vermieten, schlägt sie vor. Dabei bleiben sie hängen. Das könnte man tun. Man müsste ausprobieren, wie es ist, zu mehreren, hier auf dem Hof in der Provinz. Man könnte Menschen probewohnen lassen, eine Land-WG gründen, auf Zeit. Oder sie könnten Freunde einladen, eine Zeit mit ihnen zu verbringen, hier zu wohnen, jetzt im Sommer, wo alles leichter ist. Vielleicht helfen die beim Ausbau, sicher feiern sie mit beim großen Fest im September. Das, finden beide, ist der beste Anfang, Felicitas freut sich über die Einigung und eine Perspektive für ihn.
„Lass mal sehen", sagt Clemens und scrollt durch die Kontaktliste seines Smartphones. Er fängt Feuer für alle Dinge. Er ruft einzelne Namen aus und relativiert gleich wieder. „Zuviel Familie", murmelt er dann, oder „Zuviel Karriere". Dann sagt er: „Rolf! Du erinnerst dich an Rolf?"
Felicitas erinnert sich an Rolf, er hatte Clemens vor drei oder vier Jahren zu einem Wanderwochenende abgeholt. Ein Jugendfreund von Clemens, Pfadfinderzeit, sein ehemaliger Gruppenleiter bei den Pfadfindern, pflichtbewusst, höflich, erfolgreich. „Sippenführer hieß das damals. Jede Sippe war nach einem Gotenkönig benannt. Wir waren Theoderich", sagt Clemens, „Rolf hat kürzlich geschrieben, dass sie den Konzern umstrukturieren. Er soll in Vorruhestand. Mit sechzig! Das ist nichts für ihn. Allein das Wort! Er wird sagen, er sei jetzt Privatier. Ich bin sicher, er kann in dieser Zeit Unterstützung gebrauchen. Und hier kann er sich einbringen: Win-win! Was denkst du?", ruft Clemens aus der Küche. Er kommt um die Ecke, das Brotmesser in der Hand.

„Wie lang würdest du ihm anbieten wollen, hier zu wohnen?"
„Bis zum Einweihungsfest im September. Acht Wochen. Das ist doch eine gute Zeit! Und jetzt bist du dran", sagt Clemens, „such jemanden aus. Eher eine Frau, oder? Vielleicht eine, die auch zu Rolf passt. Charlotte? Oder die Yogafrau aus Köln, wie hieß die noch? Oder Lydia, ja, wie wäre es mit Lydia?"
„Ich denke darüber nach", sagt Felicitas.

Lydia. Horst.

Manchmal holt Lydia ihren Sohn mit dem Auto ab. Eigentlich ist das falsch, er ist siebzehn, er kann das allein, Nachhausekommen. Horst ist ein Großstadtkind, er bewegt sich wie selbstverständlich in Berlin, aber ihm den Weg zu erleichtern, ihn mit dem Wagen nach Hause zu holen, ist ein Ersatz für eine Umarmung, für die Arten von Zuwendung, die zwischen Mutter und Sohn verblichen sind. Wenn man die Kinder im Auto hat, kann man mit ihnen reden, sie können nicht einfach raus und abhauen, hatte eine Freundin zu ihr gesagt. Manchmal fahre sie daher mit ihren Kindern deswegen einen Umweg.
Wenn Lydia Horst abholt, dann steht er da, irgendwo in der Gegend. Der ist aus mir herausgekommen, denkt sie manchmal, wenn er groß und mächtig und, ja, zu dick dasteht. Man denkt das „zu dick" schon mit, wenn man ihn sieht. Dann wischt sie den Gedanken weg, wie eine lästige, spätsommerliche Fliege. Man sieht ihm oft an, dass er von da, wo er gerade ist, weg möchte. Dass er sich unwohl fühlt, unintegrierbar in eine Umgebung. Er wirkt wie ein Fremdkörper. Nie winkt er jemandem, nie reißt er sich von einer Tätigkeit los, nie wirkt er

selbstvergessen. Einmal war er am Abend bei einem Mitschüler in Berlin-Schlachtensee gewesen, er blieb über Nacht und Lydia sollte am nächsten Vormittag kommen. Sie war etwas zu früh vor Ort, durch das Fenster der Fahrerseite sah sie, wie Horst aus der Tür des Hauses trat, durch die Gartenpforte schritt und sich vor dem Zaun aufstellte, beide Füße nebeneinander, den Blick zum Boden, schwarze Kleidung, blaue Kappe. Da fiel ihr die Papiermülltonne ein, wie sie donnerstags an der Straße steht. Sie will das gar nicht, dieses bescheuerte Bild vor dem inneren Auge, aber jetzt taucht es immer auf, wenn sie sieht, dass er irgendwo steht und wartet.

Heute fährt sie hinaus zum Sportverein. Er ist neu dort. Er wurde zu dick vom Gaming und all der kaloriendichten Nahrung. Jetzt trainiert er zweimal die Woche American Football bei den Spandau-Bulldogs. In einem American-Football-Team muss man nicht dünn sein, im Gegenteil, Masse ist dort von Vorteil. Er hatte das an der Highschool in Missouri gespielt. Es ist die perfekte Sportart für ihn. Sie möchte ihn bestärken. Er war schon fünf Mal dort.

„Das hast du ja in Missouri gespielt."

„Mit trainiert, ja, aber die Amerikaner waren zu gut. Ich kam zu zwei Kurzeinsätzen."

„Immerhin", sagt sie. Es gibt sogar einen Zeitungsartikel über die Jugendmannschaft der High School in Sedalia. Oben rechts auf dem Foto ist Horst zu sehen.

Sie hat ihm jetzt die Ausrüstung gekauft. Sie findet, dass ihm die Ausrüstung steht. „Sind sie nett zu dir?", fragt sie. Er redet so wenig, nie stellt er Fragen.

„Nett, was heißt schon nett? Sie sind okay. Sie sind angemessen", sagt er.

Auf dem Rückweg kommen sie in der Nähe der Wohnung von Horsts Vater vorbei. Man sieht die Straße, in der er jetzt wohnt, von der Hauptstraße abzweigen. Die Abzweigung ist wie ein Denkmal. Philipp ist zwölf Jahre älter als Lydia. Sie hat ihn vor drei Jahren verlassen. Er

wurde nachlässig, in jeder Hinsicht, sagt sie, wenn sie jemand fragt. Seine Hemdkragen waren abgestoßen. Sie hatte ihm gesagt: „Lass` uns neue Hemden kaufen“, er aber sagte, die gingen doch noch ganz gut. Er begann, schlecht zu riechen. Kein Schweißgeruch oder so etwas, es war mehr, als ob sein Eigengeruch, sein elendiger Eigengeruch, überhand nehmen würde. Vereinzelt machte sie mit, wenn er Sex wollte. Gnadensex. Natürlich brauchte er länger als früher. Er merkte, dass sie wartete. Über die Monate wurde er dann immer wortkarger. Roch und schwieg und trug alte Hemden. Und verteidigte weiter diesen bescheuerten Namen für ihren Sohn, der seine Idee gewesen war. Er sagte, es habe so viele großartige Männer mit dem Vornamen Horst gegeben und zählte dann Namen auf, die sie zum Teil gar nicht kannte: „Horst Hrubesch, Horst Janssen, Horst-Eberhard Richter“. Anfangs hatte sie gekontert, mit Horst Wessel, Horst Mahler, Horst Schlämmer, aber das verpuffte. Letztlich war die Namensgebung seiner Nachlässigkeit und Faulheit, länger über den Vornamen des einzigen Kindes nachzudenken, geschuldet. Faulheit, als Kreativität und Einfallsreichtum getarnt.
Sie konnte das nicht, so leben. Sie muss sich schütteln, wenn sie daran denkt. Es geht ihr gut jetzt, doch, ja, es geht gut. Dieser Satz ist ihr Mantra.
„Wollen wir bei Papa vorbeischauen?“, fragt der Junge.
„Nein“, sagt sie. Die Antwort schießt aus ihr heraus. „Aber wenn du zu ihm möchtest, setze ich dich ab. Dann hätte ich dich allerdings nicht abzuholen brauchen.“
„Ich geh ja freitags hin. Ich dachte, wir gehen mal gemeinsam zu ihm.“
„Lass mal“, sagt sie.
„Warum habt ihr euch getrennt?“
Die Reifen und der Asphalt erzeugen ein Geräusch. Er hat das noch nie gefragt. „Musst du das gerade jetzt fragen, im Auto?“, sagt sie.

Immer war da dieser Stau auf dem Spandauer Damm, stadteinwärts. Sie stehen. „Du?" Horst flüstert.
„Was ist?"
„Ich möchte nicht länger zum Football."

Fuchs. Benin.

Man muss in den Müll gucken. Im Müll findet man Essen. Man findet Kleidung nach der vorletzten Mode. Fotos von Verflossenen. Elektrogeräte. Und Katzenkinder, ja, eins hat er dort gefunden, ein rot-weißes. Es heißt jetzt Egban, auf Yorubi eine Mischung der Wörter für Müll, „Egbin" und Katze, „Onran". Aber das weiß keiner der Oberen. Sie wissen wenig und auch das wissen sie nicht. Sie wissen nicht mehr, was sie wollen. Verblendete, blutleere Archivare.
Die anderen Katzenkinder hat er von der Straße. Sie sind reinlich, sie sind ein Kontrast zu Schlamm und Sand hier unten. Das Fell und die Kissen für die Katzen hat er in einem Waschsalon gewaschen. Er hält sie sauber und die Katzen tun das ihre dazu mit ihren kleinen, rauen Zungen. Es ist wie eine Absprache zwischen ihnen und ihm.
Man muss in den Müll gucken, dann ist man versorgt und weiß, was oben los ist. Der Müll ist wie ein Periskop für den Mann hier unten.
Jeder hat ein Gehirn, das Einfamilienhäuser, Reihenhäuser und Mehrfamilienhäuser unterscheiden kann von Postämtern, Schulen und Fabriken. Jeder weiß, dass Brücken oben sind und Tunnel unten. Aber sonst? Können keinen Gully vom Kanaldeckel unterscheiden. Orientierungsanalphabeten. Wissen nicht, wo sie hinwollen. An die Ostsee? Landen in Quakenbrück. Haben keinen Schimmer von der Kiemenatmung der Asseln. Und welche Götter Wassergötter sind.

Er war Programmierer. Er ist Mathematiker, das bleibt man. Hat bei einem großen Versicherungskonzern gerechnet. Wann zahlt sich eine Lebensversicherung eines Motorradfahrers für die Versicherung aus? Ist es gut oder schlecht für die Versicherung, wenn eine Kundin an Multipler Sklerose erkrankt? Ab welchem Alter sollte man einer Frau einen anderen Versicherungstarif anbieten? Wo sind die Menschen ängstlich, aber die Einbruchquote niedrig? Dort lanciert man Versicherungen gegen Einbruch und Vandalismus. Die Anzeigen dafür schaltet man, wenn die Tage kurz werden.
All das lässt sich mathematisch abbilden. Und wenn man das durchgehend macht, hat man ein Bild von der Welt, ein Versicherungsbild.
Sein Arbeitgeber wurde beauftragt, Versicherungen für die Regierung von Benin zu entwerfen. Man musste erstmal schauen, wo das liegt.
Er war zwei Jahre bei der Versicherung gewesen. Wenn man andere gefragt hätte, hätte die Antwort vielleicht gelautet: „Florian Herrsee? Herrsee? Ach der! Ja, was soll man sagen? Besondere Kennzeichen: keine, haha! Kommt mit `nem Schrottrad zur Arbeit, als ob er nichts verdient. Kein Mensch weiß, wo der wohnt. Grüßt sehr leise. Hat aber, sagt man, im letzten Jahr den neuen Algorithmus für die Risikolebensversicherung programmiert. Das sei gar nicht der Reimers gewesen, sondern eben der Herrsee." Das Wort „Nerd" fällt mehrfach.
Damit, sagt sich der Fuchs, läuft er unter dem Radar, das gefällt ihm. Auch jetzt, wo er hier unten lebt, an den Kanälen, lebt er unter dem Radar.
Krankenversicherungen für eine junge Bevölkerung. Landwirtschaftliche Risiken, Trockenheit, Wüstenbildung, Harmattan. Auch das ist Stochastik, Finanzmathematik. In den Köpfen der Versicherer gibt es kein Schicksal, nur gute oder schlechte Berechnung. Man braucht so viele Rechnungen, dass das Gegenüber, der Ver-

sicherungsnehmer, nicht mehr mitkommt. Und weil er Angst vor dem Schicksal hat, möchte er dagegen anrechnen. Und weil er das nicht kann, unterschreibt er. Aber haben Menschen in Benin Angst vor dem Schicksal? Man flog nach Cotonou. Man präsentierte Angebote. Der Mann war zuvor erst einmal geflogen, das war lange her. Er erwähnte es nicht, er sprach ohnehin selten.
Es war geräumig im Flugzeug, hinter ihnen war ein Vorhang, dahinter hatten die Fluggäste weniger Platz. Neben ihm saß Dr. Wöhler vom Vorstand. Seine Krawatte hatte die Farben einer blaugrünen Mosaikjungfer.
In Cotonou lief es gut. Das merkte er vor allem daran, dass man an den Abenden mit Sekt anstieß. Bei den Meetings sprachen die anderen. Einmal wurde er etwas gefragt, es ging um jährliche Anpassungen der Beiträge. Er hatte dazu etwas vorbereitet. Er breitete etwas Mathematik aus und der Frager, ein Abgeordneter aus Benin, schien zufrieden. Der Mann ließ aber die Augen ein wenig länger auf dem Gesicht des Mathematikers liegen, als es der Situation angemessen erschien. So, als wolle er es lesen. Dem Mathematiker war das nicht recht, er schaute abwechselnd auf die kleine Mineralwasserflasche und die kleine Orangensaftflasche, die vor ihm standen. Gegen Ende der Konferenz meldete sich der Frager noch einmal zu Wort. Ein breiter Mann mit einem kleinen, festen Bauch, der einen farbigen Boubou trug. Diesmal stand der Frager auf, blickte nach und nach in die Augen jedes Gastes und ließ seinen Blick am Ende im Gesicht des Mathematikers liegen. Dann öffnete er den Mund, wie man ein Tor öffnet, dazu hob er beide Arme. Unser Mann war sich nicht sicher wegen des Französischen, aber die Frage schien allgemeiner Natur und lautete: „Was wird die Zukunft bringen?“ Es saß auch ein Übersetzer am Tisch. Der zögerte einen Moment und übersetzte etwa: „Was kann ihre Versicherung für die Zukunft gewähren?“ Dr. Wöhler ließ „stabile Zuwächse

und zufriedene Kunden" als Antwort übersetzen. Doch die Augen des Fragers ruhten wieder auf unserem Mann und ohne zu überlegen sagte dieser auf Französisch: „Das wissen nur die Götter." Der Frager nickte kurz und setzte sich. In der deutschen Kommission sprach außer unserem Mann nur Jantzen, der Jurist, französisch. Der blickte kurz auf und dann wieder in die Akten.

Später fragte sich unser Mann, warum er „Götter" gesagt hatte, er hatte es doch anders gelernt. Man saß an einer Tafel in einem holzgetäfelten Raum. Frauen in traditionellem Aufzug brachten Teller mit Käse- und Lachshäppchen statt Fufu und Wagassi. Der Frager saß neben unserem Mann.

„Allein Essen ist wie allein sterben", sagte der Frager und schob sich ein Häppchen in den Mund, Dann fragte er ihn nach dem Zusammenhang von Mathematik, Leben und Tod. Und danach fragte er, was man in Deutschland alles versichern lassen könnte. Unser Mann antwortete wahrheitsgemäß: „Ihr Leben, Ihre Gesundheit, Ihre Zähne, Ihren Schmuck, Ihr Haus, Ihr Fahrrad. Schäden durch Diebstahl, durch Einbruch, durch Hochwasser, durch Feuer, durch Brand, durch Blitze. Wenn Sie etwas falsch machen und wenn andere etwas falsch machen. Wenn Sie Reisen wollen, aber nicht können. Wenn Sie arbeiten wollen, aber nicht können. Ihren Hund, Ihre Katze, Ihr Pferd, Ihren Papagei. Ihr Instrument."

„Ich kann eine Trommel versichern?"

„Sie können eine Trommel versichern."

Schließlich fragte ihn der Frager, ob er hernach Zeit habe und etwas sehen wollte, was möglicherweise für ihn, für sein Leben und für seine Zukunft bedeutsam wäre. So brach man auf, der Frager und er, wie verabredet nacheinander mit kurzen, individuellen Ausreden. Dr. Wöhler hob die Hand, ohne aufzusehen, nur Jantzen blickte auf und runzelte die Stirn. Ein Fahrer stand bereit, als sie aus der Drehtür des Hotels kamen, hielt die hintere Tür

eines alten Citroëns auf. Eine Scheibe war durch eine aufgeklebte Folie ersetzt. Der Fahrer schloss die Tür vorsichtig und fuhr die Straße zum Flughafen hinaus, dann weiter nach Westen. Straßen wurden zu Pisten.
„Wohin fahren wir?"
„Wir möchten Ihnen etwas zeigen. Interessiert Sie Vodun? Vodoo?"
„Ja", sagte der Mann.
„Vodun ist keine Religion der Städte. Wir fahren in die Nähe von Ouidah, auf das Land. Haben Sie morgen Termine?"
„Nur den Abflug, gegen elf Uhr."
„Sie werden möglicherweise als ein anderer zurückfliegen."
„Darum reist man." Seine Gelassenheit erstaunte ihn. Hatte er etwas zu verlieren? Nichts stieg in ihm auf bei dieser Frage, keine Bilder, keine Angst.
„Sie haben dabei nichts zu verlieren", sagte der Mann neben ihm und blickte in den Staub, der neben ihnen aufwirbelte.
Die weitere Fahrt verlief ohne Gespräche. Unser Mann war nicht aufgeregt, er blickte mit ruhender Neugierde aus dem Fenster. Es war dunkel geworden, die Lichter wurden spärlicher: Scheinwerfer einzelner Wagen, zufällig platziert wirkende Straßenlaternen in größer werdenden Abständen, vereinzelt schwächere Lichter jenseits der Straßengräben, Gaslampen vielleicht. Einmal eine Tankstelle, an der sich herrenlose Hunde sammelten. Der Fahrer bog in einen schmalen Feldweg ein, der durch nichts gekennzeichnet schien, vorbei an hochwachsenden Pflanzen, mit Vorsicht Schlaglöcher umfahrend. Der Frager ließ das Fenster auf der Beifahrerseite herab: Trommeln und darunter ein dunkles Rauschen, Rumoren. Brustkorbtiefer Gesang. Er konnte es nicht benennen, damals und heute nicht. Nie mehr wieder hat er so etwas, hat er das gehört.

Sie hielten an einem Gehöft. Drei Gebäude standen in Hufeisenform auf erdigem Grund. Zwei Scheunen, ein Haupthaus, in der Mitte ein Hof. Zum Sonnenschutz waren Stoffe zwischen den Bäumen gespannt. Eine Traube von Menschen drängte sich auf dem Hof. Einzelne stießen zur Traube hinzu, andere stolperten hinaus, wie grüngoldene Fliegen auf Exkrementen. Befeuert von Rufen, von Brummen, von den Schlägen der Trommeln. Der Fahrer schaltete die Scheinwerfer aus, der Frager stieg aus dem Wagen und öffnete unserem Mann die Tür, wortlos, und nahm ihn an der Hand. Das war er nicht gewohnt, aber gab es eine Alternative? Von einer im Dunkeln liegenden Veranda kam ein Mann auf die beiden zu, sprach zum Fahrer, besah sich den Gast, fühlte die Stirn des Gastes, besah seine Hände, die Zunge, kam wieder und gab beiden einen Becher mit einem Getränk. Eine würzige Melasse, die verzögert begann, in der Kehle zu brennen. Unser Mann folgte den beiden ein Stück, dann begannen die Eindrücke zu pulsieren, vermischten sich Hören und Sehen und vergingen, jedenfalls verging, so denkt er jetzt, die Erinnerung daran.
Ein Huhn weckte ihn. Stakste um seinen Knopf herum, pickte ihn am Ohr, sandte ein paar Morsezeichen aus der Kehle. Er schwitzte, ihm schmerzten die Beine. Die Sonne stand hoch. Er lag am Boden im Dreck ohne Schuhe, am Rande des Hofs und glich die Bilder der Häuser von gestern Abend mit den jetzigen ab. Das Gehöft war entzaubert. Ziegen und Hühner schienen sich an nichts zu erinnern, wie er. Aus dem Bauch des großen Hauses klapperten Teller beim Abwasch. Sein Kopf lag auf einem flachen Kissen. Das tröstete ihn. Sein Hemd war blutig. Er setzte sich auf, untersuchte sich, schien ohne Wunden. Sein Haar war zuckrig verklebt. Er versuchte, es mit den Fingern zu kämmen. Er war durstig, blickte sich um. Neben dem Eingang des nahegelegenen Hauses stand eine Holzskulptur, grauschwarz, mit klei-

nen Muscheln oder Knochen behängt und einem kopfgroßen, erigierten Penis. Legba, dachte er. Der Name kam ihm einfach zurück auf die Zunge. Sie hatten diese Figur getragen oder herumgereicht und das war ihr Name gewesen und er konnte nicht anders und senkte begrüßend den Kopf, als er in das Haus eintrat, vom gleißenden Licht in den dunklen Raum. Als erstes sah er das Weiß eines Augenpaares, dann den Umriss einer Frau, die am Tisch gelehnt zu warten schien mit einem Glas Wasser für ihn.

„Haben sie hier eine Uhr?“, fragte er. Seine Stimme klang tiefer als gewohnt.

Die Frau wies an die gegenüberliegende Wand. Neben einem Hut und einem Knotenstock hing eine Uhr an der Wand: zwanzig vor elf. Das war nicht zu schaffen. Warum auch? Er trank gierig, die Frau kam mit einer Karaffe und goss nach, sah zu, wie er trank, goss erneut nach, bis sich das Tempo seiner Schlucke verlangsamte. Er bedankte sich, ging wieder in den Hof und legte sich unter den prächtigsten der Bäume. Hoch oben im Geäst sah er seine Krawatte hängen. Er schlief ein und erwachte, als sein Begleiter von gestern ihn ansprach, neben ihm kniend.

„Sie haben ihren Flug verpasst. Man hat sie gesucht.“

„Haben Sie denen etwas verraten?“

„Ich habe mir erlaubt, zu sagen, dass Sie in Sicherheit sind.“

„Bin ich das?“

„Natürlich. Bemerken sie irgendetwas?“

„Ich bin schläfrig, aber trotzdem unruhig.“

Der Mann betrachtete ihn.

„Und ich frage mich“, fuhr er fort, „wie meine Krawatte dort oben hinkommt?“

„Sie würden es mir nicht glauben“, sagte der Mann, „aber ich kann Ihnen versichern, Sie haben sie selbst dort oben abgelegt. Sie sind ein guter Kletterer. Sie haben

Begabungen außerhalb der Mathematik."
„Und was ist mit meinen Haaren?"
„Man hat sie mit einem Kräutersud gewaschen. Und man hat Lebensmittel auf ihrem Kopf platziert."
„Aha."
„Es wäre gut, wenn Sie Ihren Kollegen eine Nachricht zukommen lassen. Es gab Unstimmigkeiten, sogar das Wort Entführung fiel."
„Ich würde gerne hierbleiben."
„Das sollten Sie tun. Was letzte Nacht passiert ist, passiert selten. Und dass es einem Fremden passiert, einem Weißen, ist uns nicht erinnerlich. Sie müssen diesen Weg weitergehen und Sie müssen darüber schweigen."
„Was für ein Baum ist das?"
„Ein antillischer Käsebaum", sagte der Mann, „jetzt schlafen Sie weiter."
Der Schlaf kam sofort.

Felicitas. Auswahl.

Felicitas hat den Handwerkern beim Pflastern des letzten Hofabschnitts geholfen, gescherzt, sich mit dem Unterarm den Dreck vom Gesicht gewischt. Jetzt fegt sie die Reste zusammen. Rolf wird Ordnung bringen, vielleicht Anregung. Das Retreat kann ihm einen Übergang bieten und Ruhe.
Dann schneidet sie die Frühblüher nach, die Kolkwitzie, die Forsythie, den Flieder. Sie stellt sich verschiedene Freundinnen von sich vor, wie sie dort auf den Hof träten, um zwei Monate zu bleiben. Lydia hätte vielleicht einen Hut auf, würde lachen, etwas fallen lassen, Blumen bringen.
Lydia hatte eine Lehre als Einzelhandelskauffrau abgeschlossen, für kurze Zeit gearbeitet und dann für zwei

Semester mit Felicitas zusammen Psychologie studiert und dann zu BWL gewechselt. Schließlich war sie in den Handel mit Deko-Artikeln eingestiegen und letztlich Filialleiterin einer großen Kette für Deko-Artikel geworden. Sie war älter als Felicitas, lebenserfahrener. Die beiden Frauen waren zusammen in Marokko im Urlaub gewesen und in Italien, das war Jahre her. Männer hatten Lydia belagert, wie Wespen einen Pflaumenkuchen.
Lydia war bei der letzten Vernissage von Clemens auch vor Ort gewesen. Es war die einzige wirkliche Vernissage von Clemens in einer Galerie. Magic Exposure in Berlin-Schöneberg. Nicht in einer Zahnarztpraxis, nicht in den Geschäftsräumen einer Sparkasse. Clemens hatte die Hoffnung, dass anschließend seine Karriere Fahrt aufnähme, andere Galerien nachzögen, Sammler auf ihn zukämen. Er war wie high an diesem Abend, aufmerksam, witzig, charmant, liebenswert, später betrunken. Im Überschwang hatte er Lydia geküsst, Felicitas hatte das gesehen, diagonal durch den Raum. Lydia hatte ein leichtes schwarzes Kleid an, zu leicht für den Herbst. Lydias Kleidung, ihre Gesten, ihre Sprache, alles an ihr schien Dekoration zu sein. Sie schien sich ihrer Wirkung bewusst, aber sie wirkte nicht verstellt. Sie war schamlos, aber fast in einem paradiesischen Sinn.
Warum, überlegt Felicitas, empfinde ich ein Störgefühl bei dem Gedanken daran? Ich sollte mich damit konfrontieren, denkt sie.
Der Galeriekuss von damals war eingebettet in die Atmosphäre der Vernissage, jeder hätte jeden küssen können. Er war eher eine Geste, wie viele andere an diesem Abend, wie ein Anstoßen mit Sektgläsern, ein Schulterklopfen, ein Kompliment. Und doch blieb er für Felicitas wie eingebrannt, als einer der wenigen Erinnerungssprengsel an diese Vernissage.
Auftritt Clemens mit dem Komposteimer im Hof. Er will zum Misthaufen hinter der Westscheune.

„Und, was denkst du?", ruft er, „Lydia würde doch gut passen, oder?"
Nichts vermeiden wollen, nichts wegdrücken, denkt Felicitas. Gelassen bleiben.
„Ja", sagt Felicitas, „ich werde sie fragen."
Später im Salon hält ihr Clemens eine Bleistiftskizze hin. Man erkennt Rolf vor einem Zelt. Er streckt die Hände zu einem Lagerfeuer aus. „Hab ich auf der Vogesenwanderung gezeichnet. Schenk` ich ihm, wenn erkommt."

Rolf. Rhodos.

Rolf mag die kleinen Flughäfen. Flughäfen wie Haltestellen: Landebahn, zwei oder drei flache Gebäude, dahinter Palmen, Wohnhäuser und Hundegebell. Rhodos hat so einen Flughafen.
Rolf war vor Jahrzehnten mit seiner Frau auf Rhodos gewesen. Sie hatte das gebucht, es war ein letzter Versuch gewesen. Wie eine Drittlinienchemotherapie, ein Ritual, eine Hülle, denkt Rolf. Sie waren nicht laut gewesen miteinander, immerhin. Keine Gefechte. Sie führten gelegentlich Gespräche, in denen sie Sätze tauschten, die sich ähnelten. Gespräche über den Strand, über die Engländer im Hotel, den Inhalt ihrer Bücher. Es ging gut, wenn da ein Thema war, ein Gesprächsgegenstand, der zwischen ihnen stand, wie ein Zaun zwischen Nachbarn, an dem man sich festhalten, auf den man sich stützen kann.
Die Gepäckstücke kippen aus einer Klappe auf das Fließband. Rolf hat keine Eile. Urlaubskinder stürzen sich auf farbige Koffer, schwarze Koffer werden verwechselt, ein Surfbrett kurvt herrenlos herum. Rolf ist der letzte Reisende an Band vier. Sein Koffer kommt nicht. Das ist nicht möglich, denkt er, seine Mitreisenden hatten ihre

Koffer, es war ein Direktflug. Er geht zu den anderen Bändern, spricht einen Uniformierten an, der zeigt auf einen Schalter. Der Mann nimmt die Daten auf.
„Wir rufen Sie an, wenn der Koffer ankommt", sagt der Mann am Schluss. Er spricht fließend Deutsch, Rolf sieht ihn überrascht an.
„Zehn Jahre Herne", sagt der Mann. Er nimmt Rolfs Hoteladresse auf und händigt ihm einen Ausdruck aus. Rolf kann gehen. Er klopft seine Jackettaschen nach Portemonnaie, Smartphone und Schlüssel ab, bevor er ins Taxi steigt. Alles, was wichtig ist, sagt er sich, hat er bei sich.
Ob er das Fenster aufmachen kann, fragt er den Taxifahrer. Der Fahrtwind schlägt ihm ins Gesicht. Griechenland einatmen, Deutschland ausatmen, denkt er. Er gibt viel Trinkgeld. Ein uniformierter Page in Fantasieuniform kommt ihm aus dem Hotelfoyer entgegen. Rolf geht an ihm vorbei, ohne Koffer. Die Ratlosigkeit im Gesicht des Knaben währt kurz. Teppich dämpft die Schritte auf dem Flur. Das Zimmer würde für drei Reisende reichen, es hat einen Balkon und den eigenen Pool. Rolf zieht sich aus. Die neue Badehose ist im verschwundenen Koffer. Er lässt sich nackt in den Pool gleiten. „Toter Mann", heißt das, wenn man auf dem Rücken im Wasser treibt. Das geht, findet Rolf, besser als früher.

Fuchs. Unten.

Da ist was passiert. Da war die Frau aus der Bäckerei. Er will nicht, dass er entdeckt wird. Er will doch, dass er entdeckt wird. Ambivalenz ist ein Magnet, der anzieht und abstößt. Zeit für das Orakel.
Knochen sind noch da, genug für das Orakel. Hinten in der Tropfhalle hat er sie aufgebahrt. Alle auf einem

Haufen. Er zeigt mit dem langen Zeigefinger dorthin, das ist Norden. Obwohl niemand da ist, der mit ihm den Finger entlang schaut. Obwohl man kaum etwas sieht, denn das Licht der Kerze verdämmert an der Ecke des Tunnels.

Vor zwölf Tagen hat er neue Knochen geborgen. Es wird immer schwieriger. Es gibt weniger Knochen als vor einem Jahr auf dem Grund des Wasserbeckens im Dom. „Dom", nennt er die große Halle. Das heißt, er würde sie so nennen, wenn da jemand wäre, wenn jemand vorbeikäme und sich interessierte. Das ist aber nicht der Fall, keiner war hier. Denkt „Dom" und hat es nie gesagt. Keiner kommt. Kaum einer weiß. Die Frau, die schöne Frau mit der dunklen Haut, ist dazu gekommen, sie hat ihn von der Bäckerei aus verfolgt. Bis über den Kanaldeckel NOC4.

Hat es eine Bedeutung, wenn man etwas im Geist benennt, stimmlos, unausgesprochen? Keiner da, außer ihm.

„Keiner da, nur ich!", ruft er in die große Röhre hinein, die Hauptröhre. Sie führt bis runter zur Willy-Brandt-Straße, zum Hafen. Manchmal ruft er, manchmal spricht er mit sich. Die Stimme fühlen, nennt er das.

Irgendwann werden die Knochen aufgebraucht sein. Dann wird er etwas Neues finden müssen, Krötenspuren, die Richtung der Strudel, es ist Botschaft genug, da drinnen. Legba und Gran Simba werden ihm helfen.

Zum Bergen der Knochen muss er unter Wasser. Muss mit dem Kopf unter Wasser, das ist das Entscheidende beim Tauchen, das, was Angst macht. Er traut sich nicht, kopfüber zu tauchen. Das war schon immer so. Daher muss er in die Hocke gehen, bis das Wasser über seinem Scheitel zusammenschlägt. Das macht ihm Angst. Unter Wasser in die Hocke zu gehen, das funktioniert nur, wenn man alle Luft aus den Lungen entlässt. Dann sinkt man zum Grund. Das Wasser ist trübe und dunkel. Man

sieht nichts, man muss fühlen mit beiden Händen, im Schlamm tasten, langsam kriechen, seitwärts, wie ein Krebs. Am liebsten geht er bei Regen in den Kanal, dann ist das Wasser frischer und anschließend geht er unter die Dusche im Seitenkanal, dort stürzt Wasser aus einem Schacht so herab, dass er duschen kann.
Wenn man im Grundschlamm etwas Hartes fühlt, dann kann es ein Knochen, aber auch eine Scherbe sein oder ein Stein oder ein Blech. Einmal war es ein Kinderwagen. Nur Simbi weiß, wie der Kinderwagen dahin kam. Knochen sind wärmer als Metall, auch im Schlamm. Die Oberfläche ist rauer als die von Scherben. Und Knochen sind leichter als Steine. So viel Luft, fast könnten sie schwimmen, denkt er, so wie er selbst, wenn er wieder etwas mehr Luft in die Lungen lässt. Sobald er das denkt, muss er auftauchen.
Den Kinderwagen zu tasten war ganz anders, das war im letzten Oktober. Da tastete er etwas, das war hart und metallen und an anderer Stelle weich und nachgiebig. In seinem Kopf entstand im Finsteren das Bild des Kinderwagens. Und das eines Kindes. Hastig griff er hinein, unter Wasser noch, in den Wagen, unter die Haube. Er konnte etwas greifen, was da lag, rund und groß wie ein Laib Brot. Aber es war kein Kind. Es war ein Kissen mit Schlamm darin und darauf. Er war froh darüber, dass das kein Kind war, keine Leiche. Er hätte das Kind beerdigen müssen, hier unten. Vielleicht hätte man ihn beschuldigt. Er hievte den Kinderwagen aus dem Wasser und wusch ihn und ließ ihn trocknen. Trocknen dauert lange, hier. Jetzt steht er da, etwas erhöht, auf dem Felsvorsprung. Als gehöre er genau dorthin. Auf dem Wagen stehen immer neun Kerzen, deren Wachs auf den Wagen tropft. Ein Kinderwagen mit einem Überzug aus Kerzenwachs. Im Wagen liegt jetzt die tote Krähe, mumifiziert, ein Fund aus seinen ersten Tagen. Und der Katzenschädel mit dem Vorhängeschloss

und viele andere Dinge. Der Wagen ist ein Fetisch, ein Tologba-Fetisch. Man muss sich ihm mit Verbeugungen nähern. Man darf ihm nicht den Rücken zuwenden. Wird der Fetisch vergrößert, muss er blutgeweiht werden, sonst verliert er die Kraft. Er wird den Fetisch bald wieder weihen müssen.

Jetzt das Orakel. Zwei Knochen über Kreuz auf dem Schichtholz. Das Feuer heizt an, bis der Knochen bricht. Längsrichtung: Sie findet mich, Querrichtung: Sie findet mich nicht, Orbikularbruch: Wir kommen zusammen. Trinärer Wunsch ist stärkster Wunsch. Der Fuchs springt, der Fuchs ist wendig, agil. Flammen züngeln. Der Rauch zieht mit den Wassern nach Süden, Aggregatsgrüße, Boten des Todes. Trockenes Geräusch hallt vom Feuer bis zur Decke des Doms, der Knochen bricht rund: Er wird sie wiedersehen, sie werden sich erkennen.

„Wiedersehen", ruft der Fuchs in die Halle hinein. Er wird persönliche Dinge von ihr brauchen, für den Fetisch.

Zeit für den Tanz. Er zieht sich aus. Das hat er früher nicht gemacht, sich ausziehen, es hat sich entwickelt. Jetzt geht es nicht mehr ohne. Das Feuer wärmt am stärksten direkt auf der Haut. Er schreitet nackt im Kreis um das Feuer. Der Oberkörper wippt, eine große Taube ist er. Dann seitwärts, die Beine kreuzen, mal über rechts, mal über links. Die Arme werden zu Scheibenwischern.

Hier ist sein Platz, hier ist er sicher. Oben war er Jahrzehnte lang nur zu Besuch, man benutzte ihn, weil er Zahlen verstand, doch war er verflucht, weil ein Mensch, weil mit Zähnen geboren. Hier unten ist Platz, hier ist jetzt sein Platz.

„Hier ist mein Platz, mein Platz" stößt er im Takt mit den Füßen hervor. Er wird sie mit nach unten nehmen, sie wird hier mit ihm sein, er wird ihr nah sein und wird sie sich selbst nah bringen. Seine Hoden, sein Bauch, alles wippt im Rhythmus der Schritte.

Rolf. Hotel.

Rolf geht zum Abendessen in das Hotelrestaurant. Er hat sich einen leichten Anzug gekauft, eine kurze Hose, ein paar Toilettenartikel und eine neue Reisetasche, einen „Weekender". Mehr braucht er jetzt nicht, befreiend findet er das.

An den ersten beiden Abenden hatte er sich was aufs Zimmer bringen lassen. Hier, im Restaurant, wird man vermuten, dass er allein ist, dass er einsam ist. Rolf schämt sich dafür. Er wird einen Mann spielen, der froh ist, einmal allein reisen zu können.

Die Plätze im Speisesaal sind frei verfügbar. Zwischen achtzehn Uhr dreißig und neunzehn Uhr dreißig ist es am vollsten. Das Hotelmangement empfiehlt die Zeitpunkte davor oder danach, so steht es auf aufgestellten Tafeln vor den Eingängen zum Restaurant in Englisch, Russisch und Chinesisch. Rolf geht um halb neun. Er nimmt sich ein Buch mit. Er isst einen Salat vom Buffet. Dann liest er in dem Buch, einem Buch über die Geschichte der Insel. Nach Lesen zweier Seiten geht er zum Buffet und nimmt sich eine kleine Portion. So klein, dass er später nochmal zum Buffet muss, nachdem er wieder ein paar Seiten gelesen hat. Er verspürt keine Lust, das Buch über die Geschichte der Insel zu lesen. Aber er hat sich in seinem Leben oft erfolgreich zu etwas gezwungen. Am Ende nimmt er noch Obst und Kaffee. Er sieht sich um. Es sind junge Paare da, Familien mit älteren Kindern und ältere Paare. Kinder unter zwölf Jahren sind in diesem Hotel nicht erwünscht. Das stand so im Prospekt. Das hat ihm der Mann aus dem Reisebüro auch vorgelesen. Rolf war das recht. Er fand es unverschämt, aber es war ihm recht. Weniger Urin im Pool, kein Gejammer am Buffet. So eine Reaktion ist normal, sie steht ihm in seinem Alter zu, denkt er sich.

Eine Familie sitzt schräg gegenüber, Franzosen, zwei

Jugendliche, denen die Langeweile den Mund offen hält. Sie träumen sich weg von den Eltern. Die Eltern schweigen sich an, sie wissen, dass diese Reise wahrscheinlich die letzte mit den Kindern ist. Die Frau liest im Reiseführer. Der Mann blickt herüber, kurz kreuzen sich ihre Blicke. Vielleicht möchte der Mann auch allein reisen.
Dann ein Paar um die sechzig, die Köpfe einander über die Teller zugeneigt. Flüstern ist eine Sprache, die Rolf nicht kennt. Der Mann ergreift die Hand der Frau. Sie probiert von seinem Essen, kaut mit Blick zur Decke und nickt.
Rolf holt sich einen Kaffee. In der hinteren Ecke sitzt eine lesende Frau. Sie schaut auf, als Rolf vorbeigeht. Er hätte nicht dort vorbeigehen müssen, hätte eine Tischreihe vorher abbiegen können. Als Rolf auf seinem Platz den Kaffee trinkt, denkt er darüber nach, wann er sich entschieden hat, den kleinen Umweg an der Frau vorbei zu nehmen. Eine schlanke Frau um die fünfzig in einem hellblauen Kleid. Sitzt sehr aufrecht. Mehr hat er nicht aufnehmen können. Von seinem Sitzplatz aus ist sie nicht zu sehen. Er lehnt sich zur Seite, er verschiebt kaum merklich seinen Stuhl, aber ihr Platz kommt nicht ins Blickfeld. So steht er auf und nimmt seine Tasse mit, er wird noch mal den Weg nehmen. Sie war ihm angenehm, die Frau, und sie hat seinem Abend einen kleinen Dreh gegeben, seinem Urlaub einen Impuls. Dieses Gefühl hatte er schon eine Weile nicht mehr. Und jetzt ist er im Ruhestand, hat Zeit, kann sein Leben besser gestalten. Er hat das noch gar nicht gebührend gewürdigt.
Er tritt auf den Gang, die Frau ist verschwunden. Sie muss die hintere Treppe zur Poolterrasse genommen haben. Er schlendert zu ihrem Platz und setzt sich dorthin. Keine Restwärme, kein Geruch. Ihr Teller steht noch da, sie hatte etwas von der Pastete, ein Glas Weißwein. Sie hat die Serviette benutzt und anschließend gefaltet neben den Teller gelegt. Links neben dem Teller

liegt eine Visitenkarte. Eine griechische Visitenkarte. Sotirius Petrides, αρχιτέκτονα – architect, darunter eine Telefonnummer. Rolf steckt die Karte ein. Er möchte keine zweite Tasse Kaffee. Er wird ihr die Visitenkarte bringen. Welchen Satz soll er zu ihr nach Rückgabe der Karte sagen?

Rolf schlendert die Treppe herauf. Im Pool sind die Scheinwerfer eingeschaltet, die Wasseroberfläche ist glatt, wenige Menschen sitzen an der Bar oder den Sesseln unter den Palmen. Alle sprechen gedämpft, nur die Zikaden lärmen ungebremst. Die Frau ist nicht hier. Rolf bestellt ein Bier und trinkt es im Stehen am vorderen Ende der Bar, um einen besseren Überblick zu haben, in der Hand hält er das Visitenkärtchen. Dann geht er auf sein Zimmer. Für den nächsten Tag hat er eine geführte Tour nach Rhodos Stadt gebucht, er verschiebt die Tour an der Rezeption um einen Tag und lässt den Tag bis zum Abend vergehen. Er liest in dem Buch zur Geschichte der Insel. Vielleicht könnte er ihr etwas darüber erzählen, dann hätten sie ein Thema. Zum Abendessen setzt er sich in die Nähe des Platzes, auf dem sie gestern saß.

Sie kommt, wie verabredet. Rolf wertet das als Zeichen. Sie setzt sich auf ihren gestrigen Platz. Sie könnte etwas größer sein als er, sie lässt die Haare grau, sie hat wieder ein Buch dabei. Er muss ihr einen Moment Zeit lassen. Sie legt ihre Lesebrille neben den Teller, blickt sich um und sieht ihn. Sie verharrt einen Moment, Andeutung eines Lächelns, legt beide Hände flach auf den Tisch, vielleicht, denkt er, eine Übersprungshandlung. Er steht auf und geht auf sie zu. Ob sie zufällig deutsch spräche, nein, sie sei aus Norwegen, sagt sie auf Englisch und er zeigt die Visitenkarte. Er habe diese zufällig gestern auf ihrem Platz liegen sehen und mitgenommen, vielleicht sei sie ja wichtig, sagt er und hält die Karte hin und sie nimmt sie und bedankt sich und so sind ihre Hände für einen Moment nah beieinander und bis hierhin ist

alles vorhersehbar und dann ist ein Moment Pause, jetzt müsste etwas von ihm kommen, genau in dieser Sekunde, wie oft hat man das schon durchgespielt und er weiß, dass er sich einen Satz hätte zurechtlegen sollen, denn das macht der Mann. Sie schaut ihm ins Gesicht.
„Vielleicht", sagt er, „möchten Sie hinterher noch etwas trinken? Ich werde jetzt auch essen und nach dem Essen noch an der Bar sein, also, falls Sie nichts anderes vorhaben", sagt er. Der Satz ist zu lang, kommt zu spät, findet er und das Englisch ist holperig.
„Ja", sagt sie, „vielleicht."
Und sie blickt auf die Visitenkarte, als sei es die seine, und gibt sie ihm zurück. Er steckt sie ein, macht eine winzige Verbeugung und tritt ab. Geht direkt zum Buffet, stapelt wahllos Lebensmittel auf seinen Teller, den er in die andere Ecke des Restaurants trägt. Er denkt über seinen Satz und ihre Antwort nach, über ihren Blick. Das besetzt seine Gedanken, so wie Frauen immer seine Gedanken besetzt hatten. Er hat immer seine Energie darauf verwandt, Frauen in sein Leben zu locken, dann haben sie es verwüstet und er hat nichts gelernt, wieder und wieder das gleiche Muster. Er isst gegen seine Gewohnheit nicht den Teller leer, steht auf, geht zur Bar. Trinkt ein Bier, ein zweites zur Verlängerung der Wartezeit und ein drittes, um sich zu bestrafen. Sie kommt nicht. Morgen wird er die Stadttour machen. Er wird sich nichts anmerken lassen.

Gust. Schatz.

Gust sitzt auf dem Stuhl am Fenster. Er sitzt entweder dort oder in der anderen Ecke, im Fernsehsessel. Außerdem findet man ihn morgens nach dem Schlafen und abends vor dem Schlafen auf der Bettkante. Die Bett-

kante ist eine Übergangszone. Er soll nicht so schnell aufstehen, sagt Schwester Jana. Dabei kann er das ohnehin nicht. Ihm wird schwindelig, er ist schon zweimal gestürzt. Nach dem zweiten Mal lag er lange, eine Stunde vielleicht, mit dem Rücken auf dem Boden. Als ihm klar wurde, dass er alles bewegen konnte, es ihm aber nicht gelang, aufzustehen, musste er lachen. Irgendwann gelang es ihm, mit Schwung und mit Hilfe von Faktoren, die er nicht benennen kann, sich auf die Seite zu drehen und dann auf den Bauch. Dann robbte er zum Notruf.
„Herr Unbehaun", sagte die Schwester, als sie hereinstürzte, „was machst du denn?"
„Ich entnehme Bodenproben", hatte er gesagt.
Seitdem bewegt er sich noch vorsichtiger. Durch die Angst nimmt die Gefahr zu. Es ist ein Teufelskreis.
Liegen. Robben. Krabbeln. Stehen. Laufen. Und wieder zurück. Das Leben in neun Kapiteln der Mobilität. Ich bin zwischen sechs und sieben, denkt Gust. Was ist, wenn man nach einem Sturz liegen bleibt? In Kapitel neun verbleibt, ohne zu sterben? Wenn ein Tier stürzt und nicht mehr aufstehen kann, stirbt es natürlich. Wir werden wieder auf die Beine gestellt, unerbittlich, weil die Helfer den Tod nicht ertragen. Man gehört auf die Beine. Orthesen und Rollatoren stützen uns ab. Bis auch die Hilfsmittel versagen und wir liegen und sterben dürfen.
Die Tage hier im Heim gleichen sich, schrumpfen später zu einem einzigen langen Tag zusammen, kaum ein Ereignis in einem Pflegegeheim schafft es in ein Fotoalbum. Die Erinnerung an früher hat die Kopfherrschaft übernommen. Zum Schutz vor der Auflösung des Ich, denkt Gust. Wenn nur die Erinnerungen gut sind.
Gust hat einen Koffer aus Vulkanfiber, in dem hat er Gegenstände gesammelt, aus denen sein Leben rekonstruiert werden könnte. Er legt den Koffer auf den Tisch. Immer schwerer wird das Öffnen. Man müsste die

Schnappschlösser ölen. Früher hatte man Schmieröl im Keller.
Er greift in den Koffer: ein Stück vom Stiefel. Flucht April 45 von Swinemünde nach Berlin. Fahnenflucht mit einem, der Ludwig hieß, Trennung kurz hinter Anklam. Wenn er den Nachnamen von Ludwig noch wüsste. In Berlin mussten Mutter und Schwester sein. Nach zwei Tagen ein Güterzug. In den Kurven sprangen Leute auf den Zug, manche herunter. Einer lag anders in der Luft, fiel oder wurde geworfen, blieb auf dem Boden, ein Bein abgewinkelt jenseits aller Anatomie. Soldaten durchsuchten den Zug, Gust sprang auch, irgendwo bei Rheinsberg. Im geduckten Lauf von Wäldchen zu Wäldchen, von Häuserwand zu Häuserwand. Schilder an den Türen „Typhus" oder „Ruhr". Dicke Zunge. Hunger und Durst machten unvorsichtig. Einmal standen da welche unterm Baum. Schwankten leicht im Wind, standen gar nicht, waren aufgehängt knapp überm Boden, tanzten mit blauroten Füßen im Rhythmus des Windes. Magenkrämpfe, wohl vom Hunger. Gras probiert. *In einer kleinen Rossschlachterei gab`s Hackepeter mit Trockenei.* Immerhin hatte er den Mantel und eben diese Stiefel. Den Leichen, die Gust liegen sah, hatte man die Stiefel genommen. Wem gehören die Stiefel der Toten im Stiefelnotstand?
Die Fotografie der Volksschulklasse: Zweiter von rechts, helles Hemd, Hosenträger, Blick zur Seite: er. Das Foto der ersten, viel zu frühen Hochzeit, mit den lachenden Gästen auf der Brücke über die Löcknitz. Das eiserne HJ-Leistungsabzeichen, Briefe vom Marineeinsatz vor Norwegen, ein früher Ausweis, in die Ungültigkeit gelocht. Der silberne Drehstift des Vaters, das Opernglas aus Berlin.
Die zweiten Eheringe, ein Foto von Oriana und ihm bei Felicitas` Einschulung. Und noch ein Foto von Feli, als sie aus dem Haus geht und er, auf der Schwelle stehend, das

Foto macht, als sie sich nochmal umdreht: der Schwung der Haare, im Blick die unerschütterliche Zuversicht der Jugend. Sie hat sich lange nochmal umgedreht, nach Verabschiedungen, meist lachend oder winkend, meint er sich zu erinnern. Vielleicht war es das: das Ungetrübte, Unerschütterliche, das Felicitas als Kind hatte. Deshalb haben Oriana und er ihr nie davon erzählt, von der Adoption. Kein Wort zu ihrer echten Herkunft. Sie war ja winzig, erst fünf Monate alt, sozusagen grad erst geboren, in Kolumbien. Mehrfach hatten sie es fest im Blick, zwei- oder dreimal war es beschlossene Sache, zuletzt direkt am Nachmittag nach Felicitas achtzehntem Geburtstag. Später er allein, nachdem Oriana den Unfall hatte. Er hat es nie geschafft. Keine Gelegenheit in über vierzig Jahren. Gibt es ein echtes Verbrechen, wenn die Absicht stimmt? Vielleich weiß sie es längst? Er legt die Adoptionsunterlagen in den Koffer, den soll sie kriegen. Sie wird wissen, warum er es nicht gesagt, nur nachgereicht hat.
„Was bleibt von mir?", fragt sich Gust. Und: „Wäre es schlimm, wenn nichts bliebe?" Sein Samen hat nirgends gefruchtet. Aber selbst wenn, Genanteile halbieren sich von Generation zu Generation, verdünnen sich bis zur Unendlichkeit. Vererbung als Homöopathie.
Er ist gesättigt am Leben und statt gelassen abzuwarten, will er dem Tod ein Stück entgegengehen. Oder humpeln eben. Er hat ein freundliches Verhältnis zum Tod.
Gust schreibt zu den Stiefeln, Fotos und Abzeichen kleine Karteikarten. Je mehr man im Leben zu schreiben hat, desto unleserlicher wird die Schrift, denkt er. Vielleicht sollte er den Koffer vergraben und Felicitas und den Freunden eine Schatzkarte überreichen. Schatzsuche, das hat er immer gemocht, das hat er mit Felicitas immer gemacht. Vielleicht wäre das Fest eine gute Gelegenheit für eine Schatzsuche. Aber ein Schatz darf keine böse Überraschung sein. Er holt Büroklammern und Bindfaden.

Nachdem die Kärtchen fertig sind, befestigt er sie an den Gegenständen und Schriftstücken, dann schließt er den Koffer und stellt ihn auf den Boden. Erst seitlich, dann hochkant. Er geht einmal um den Koffer herum. Der passt in ein Schließfach, denkt er. Und einen Schlüssel zu überreichen ist einfacher in seinem Alter. Er wird den Schlüssel beim Retreat in den Briefkasten werfen, wenn sie das Fest feiern.

Felicitas. Zugang.

Felicitas hat nachts an den Fuchs denken müssen. Nach der Arbeit fährt sie mit dem Fahrrad zum Kanaldeckel. Es ist ein Umweg, aber nur ein kleiner, unauffälliger Umweg, eine Variation des Weges, sonst nichts, das bleibt unbemerkt.
Sie stellt das Rad neben den Kanaldeckel auf den Bürgersteig. Es kann nicht sein, denkt sie. Hier ist niemand im Boden verschwunden. Der Kanaldeckel erscheint ihr größer als andere. Wer kennt sich mit Kanaldeckeln aus? Es müssen Männer sein, denkt sie, unattraktive, belehrende Männer. Aber immerhin, sie wissen etwas. Gibt es „Hauptgullys"? Sie wird sich erkundigen. Sie müsste Werkzeug dabeihaben. Sie geht in der Straße ein wenig auf und ab, eine Reinigung fällt ihr auf, darin ist kein Mensch zu sehen. Es gibt eine Polsterei im Souterrain, in deren Schaufenster ein Stuhl steht. Ein Kiosk ist da, Wohnhäuser. Sie betritt den Kiosk, kauft einen Kaffee zum Mitnehmen, den der Angestellte aus einer Thermoskanne pumpt.
„Ganz frisch", sagt der Verkäufer. Es ist ein hübscher Mann, ein Syrer vielleicht, vielleicht Nordafrikaner, und sie blickt zurück, direkt in die Augen, das tut sie nicht oft. Warum denn nicht? Weniger Angst haben. Keine

Angst vor dem Fuchs haben.
Sie setzt sich auf eine Bank an einem kleinen Park. Da sitzt sie als eine Frau, die nachdenkt und einen Kaffee trinkt. Wenn die Passanten sie sehen, werden sie denken, dass da eine Frau sitzt, die ihren Gedanken nachhängt. Niemand wird bemerken, dass die Frau auf die Straße starrt, weil sie den Kanaldeckel beobachtet. Als der Boden des Pappkaffeebechers durch den Kaffeerest schimmert, sie dann den letzten Schluck nimmt und den Kaffeebecher mit den Händen zusammendrückt, bewegt sich der Kanaldeckel. Sie erstarrt, hält den zusammengefalteten Pappbecher in den Händen. Erstarrt wie ein Tier, dass den Feind wittert. Aber es tut sich nichts mehr. Sie drückt den Becher in ihrer Hand noch einmal, nichts passiert. Der Deckel hat sich kurz angehoben, meint sie. Aber vielleicht täuscht sie sich auch, vielleicht war das nur der Wunsch, dass etwas passiert, jetzt, da der Kaffee ausgetrunken ist. Sie steht auf und geht langsam auf den Kanaldeckel zu. Hinter den Löchern des Aufsatzes nur Dunkelheit, kein Gesicht, kein Arm. Ein Kanaldeckel eben. Sie geht wieder in den Kiosk zu dem hübschen Mann. Doch jetzt ist ein alter Mann an seiner Stelle. Er sieht dem jungen Mann ähnlich. Sein Vater, denkt sie. Sie kauft ein belegtes Baguette. Sie lässt es einwickeln und sich eine Tüte geben. Der Mann leiht ihr einen Stift. Sie schreibt „Für den Fuchs. Mit einem Gruß. Felicitas" auf eine Serviette und wickelt sie um das Baguette, dann kommt alles in die Tüte. Mit wenigen schnellen Schritten ist sie beim Kanaldeckel. Man kann das Baguette in der Tüte durch die kleinen Löcher quetschen. Den oberen Rand der Tüte befestigt sie mit zwei Steinen. Niemand hat sie gesehen. Die Regenwahrscheinlichkeit für morgen beträgt zwanzig Prozent. Wie ist das, wenn man verrückt wird, fragt sie sich. Ist das so? Sie wird wiederkommen, nächste Woche am Samstag und am Sonntag.

Rolf. Ausflug.

Rolf ist um acht Uhr fünfundvierzig im Foyer. Um die Taille trägt er seine neue Bauchtasche. Darin hat er jetzt sein Geld, seinen Ausweis und das Ticket für die Stadtrundfahrt. Die Visitenkarte des Architekten ist auch darin, vielleicht sollte er sie wegschmeißen. Er ist froh, für die nächsten fünf Stunden beschäftigt zu sein. Andere Touristen finden sich im Foyer ein, einzeln oder in kleinen Gruppen, zwanzig vielleicht. Ein Mann hat die gleiche Gürteltasche wie Rolf umgeschnallt. Man könnte ein Gespräch darüber beginnen, es bräuchte dazu beiderseitig etwas Ironie. Rolf betrachtet den Mann. Er trägt ein weißes Fußballtrikot zu kurzen blauen Hosen und farbige Turnschuhe. Rolf beschließt, ihn nicht anzusprechen. Ein junger Mann mit Sonnenbrille betritt mit großen Schritten das Foyer und klatscht in die Hände, „Rhodos City Tour", ruft er und rudert mit den Armen. Alle bewegen sich auf ihn zu, sie freuen sich, weil etwas passiert. Er geleitet sie durch den Hoteleingang in den Bus. Rolf sitzt allein auf einer der hinteren Zweierbänke am Fenster, der Busfahrer lässt den Motor an. Rolf nimmt sich vor, sich einzulassen auf den Tag, was könnte er sonst tun? Der Bus öffnet erneut die Vordertür und nimmt drei Nachzügler auf. Darunter sie, die Norwegerin von gestern, die sich auf einen der vorderen Sitze fallen lässt.

Clemens. Hiddensee.

Clemens hält sein Seminar „Aquarellieren mit Clemens" auf Hiddensee. Es findet einmal im Mai und einmal im Juli statt. Manchmal, bei einer ausreichenden Zahl an Anmeldungen, auch im September. Die Seminare im

Mai und im September werden von der Volkshochschule veranstaltet. Teilnehmer sind ältere Frauen. Das im Juli von einer Kunstschule in Hamburg, die Teilnehmer sind jung. Selten taucht ein Mann unter den Teilnehmerinnen auf, meistens ein Begleitmann. Manche der jungen Juli-Teilnehmerinnen wollen sich an der Kunsthochschule bewerben. Clemens war nie an der Kunsthochschule. Das erzählt er im Mai und September. Im Juli erzählt er das nur auf Nachfrage. An akademisierter Kunst habe er damals kein Interesse gehabt, sagt er dann.
Die Vermittlung von Grundlagen nimmt immer die ersten beiden Tage ein. Auch im Julikurs. „Nass auf Nass" und „Nass auf Trocken", „Weiß trägt das Bild" und von „Hell nach Dunkel planen und malen" sind Grundsätze. Man könne Grundlagen nicht häufig genug üben und damit verinnerlichen, sagt er. Das sei wie Tonleitern üben bei einem Musikinstrument. Woher er diesen Satz hat, weiß er nicht mehr, er hat mal Gitarre gespielt, aber Tonleitern hat er nie geübt.
In den Volkshochschulseminaren spricht er von den Farben des Meeres und den Farben des Nordens. Er lässt die Teilnehmerinnen am ersten Tag meditieren. Sie machen fast alles, was er sagt. Das Seminar tut ihnen gut und ihm auch. Nach den Kursstunden kommen manchmal noch Teilnehmerinnen zu ihm und möchten mit ihm sprechen. Manche möchten ihre Arbeiten zeigen, manche möchten wissen, wie er es macht, einen Baum abzubilden, die Dünen. Die Möwen, das sind doch nicht einfach in der Mitte gespiegelte Häkchen, das geht doch nicht.
„Nein", sagt er dann, „das geht nicht."
Und er lässt die Frau den Pinsel nehmen und führt ihre Hand.
Er möchte, dass die Teilnehmerinnen ihn sympathisch finden, wenn sie nach Hause kommen. Dass sie ein kleines, selbstgemaltes Aquarell auf das Fensterbrett stellen und dass ihre Gedanken ihn streifen, wenn sie

sich das Aquarell ansehen. Meist stehen die Aquarelle nicht lange dort. Die Teilnehmerinnen, die weiter aquarellieren, machen Fortschritte und stellen neue, bessere Aquarelle auf die Fensterbank. Die, die nicht weiter machen, stellen das Aquarell weg, weil es sie an ein abgebrochenes Vorhaben erinnert.
Er möchte Begleiter sein. Das sagt er auch. Begleiter auf dem Weg zur eigenen Kreativität. Er hat diesen Satz einmal Felicitas gegenüber erwähnt. Sie fand ihn schmierig, den Satz. Sie verstehe, was er meine, er solle das nicht so sagen. Er kann das nicht nachvollziehen.
Ob die Frauen vom Kurs ihn mögen? Darüber denkt er nach. Die Frauen vom Volkshochschulkurs mögen ihn immer, denkt er. Mit Gleichgesinnten auf eine Insel zu fahren und etwas zu lernen, stimmt sie froh. Man fühlt sich jünger, wenn man etwas neu lernt. Weil das Gefühl, Anfänger zu sein, etwas ist, das man vor allem in jungen Jahren hatte.
Die Julifrauen sind anspruchsvoller. Manche haben Talent, mehr als er, sie haben Erfahrung, gelegentlich lehnen sie seine Vorschläge ab. Beim letzten Kurs war eine Karin dabei. Sie hat ihm nicht gesagt, dass sie auch Dozentin an einer Kunstschule ist, erst gegen Ende. Ohne Vorwurf, ohne lesbaren Ausdruck im Gesicht, hat sie am letzten Tag in einem Nebensatz erwähnt, dass sie Dozentin ist. Sie habe auch mal in Hiddensee aquarellieren wollen.
Er geht mit jedem Kurs zum Leuchtturm. Das ist ein schönes Motiv. Mit den Dünen und dem Himmel gibt es viel Fläche zu aquarellieren. Den Leuchtturm abzubilden, fällt den meisten nicht schwer, braun-grüne und blau-graue Flächen für die Dünen und das Meer, der Leuchtturm weiß mit roter Kappe. Trocknen, rahmen, fertig. Man braucht gerade am Anfang Erfolg, das weiß Clemens von sich selbst.
Am Leuchtturm bringt meist jemand das Thema Kitsch

zur Sprache. Einen Leuchtturm zu aquarellieren, sei doch Kitsch. Meistens ist es eine Frau aus einer Großstadt. Clemens rät schon beim Aufbruch zum Leuchtturm, wer das Thema aufbringen wird. Dann startet Clemens eine Diskussion zum Thema Kitsch. Wenn keine Teilnehmerin das Thema aufbringt, macht es Clemens selbst. Clemens sagt, es spräche nichts dagegen, einen Leuchtturm abzubilden. Und solange man innerlich durch die Szene berührt sei, wenn man etwas Einfaches und Wahres und Schönes abbilden wolle, sei es kein Kitsch. Wenn man, sagt Clemens dann, über jeden Zweifel erhaben sein wolle, könne man dem Bild noch eine individuelle Note verleihen. Wie das gehe? Na, wenn er das jetzt sage, sei es nicht mehr individuell. An dieser Stelle erfolgt ein Brummen oder ein Nicken. Manchmal malt eine Teilnehmerin ihren Hund in das Bild oder einen Fuß von sich. Was für eine individuelle Note Clemens meint, weiß er nicht genau.
Diesen Juli ist eine Frau aus Bremerhaven mit im Kurs. Sie heißt Gesa. Sie ist schmal und beweglich, ihre dunklen Augen leuchten aus einem blassen Gesicht hervor. Sie trägt Jeans im destroyed-look, Clemens sieht ein zartes Stückchen Oberschenkel hinter dem Loch im rechten Hosenbein.
Sie hat den Leuchtturm als Penis aquarelliert. Die Leuchtturmspitze ist eine rot leuchtende Eichel.
„Und“, fragt sie Clemens, „wie gefällt dir das?“ Sie stemmt eine Hand in die Hüfte und liest ein wenig in Clemens Gesicht herum. Das Duzen bietet Clemens immer am ersten Tag an.
„Kein Kitsch“, sagt Clemens, „das ist schon mal was. Und eine individuelle Note hat es zusätzlich“. Gesa zeigt das Bild den anderen, zwei lachen, eine hat ihre Lesebrille nicht dabei, die anderen wenden sich ab.
In dem kleinen Hotel im Ort Kloster, in dem die meisten Kursteilnehmerinnen wohnen, sitzt Gesa, meist allein.

Heute Abend setzt sie sich zu Clemens.
„Wenn du möchtest", sagt sie, „mache ich morgen Abend einen Leuchtturm aus deinem Schwanz. Ich male ihn als Leuchtturm an."
„Okay", sagt er. Etwas Besseres fällt ihm nicht ein.
Clemens schläft manchmal mit einer der Teilnehmerinnen. Eher im Mai oder September, manchmal gelang es auch im Juli-Kurs. Es ist aber, rechnet er nach, in den letzten Jahren gar nicht mehr vorgekommen. Die Zeiten sind anders, denkt er. Und dann fällt ihm ein, dass er älter geworden ist, achtzehn Jahre seit den ersten Kursen.
Im Hotel wohnt Clemens immer in dem Zimmerchen unter dem Dach. Clemens ist nicht wohl am nächsten Abend, es hat geregnet, zwei Teilnehmer waren heute nicht am Treffpunkt in Neuendorf gewesen, der Kontakt zur Gruppe ist nicht gut. Er sitzt isoliert in der Gaststube, vier Frauen sitzen am Ecktisch und lachen, und er weiß nicht, worüber. Gesa ist nicht da. Er trinkt sein Bier aus und geht auf sein Zimmer. Hat sie das ernst gemeint? Sie hat ihn verarscht, das ist es. Sie hat ihm sagen wollen: Der Leuchtturm ist ein Phallussymbol und wir Frauen sollen es für dich, den männlichen Anführer, malen. Er legt sich aufs Bett. Es klopft. Gesa steht vor der Tür.
„So", sagt sie und greift in eine Stofftasche, die sie mitgebracht hat, „ich war mir mit den Farben nicht sicher. Aquarell auf Haut geht nicht gut, hab`s probiert, hier." Sie zieht ihr T-Shirt hoch. Um den Bauchnabel herum sieht man ein schwaches Grün. Es verläuft nach unten, in ihre Jeans hinein.
„Ist das Phthalogrün?", fragt er.
„Keine Ahnung", sagt sie, „ich glaub` zweite Reihe links im Kasten. Ich hab` jedenfalls weiße Schminkfarbe mitgebracht und einen Lippenstift. Und den Tuschkasten. Dein Schamhaar wird der Strandhafer."
Sie lächelt. „Wollen wir?"
Clemens geht sich noch waschen, er tritt in Unterhose

wieder ins Zimmer. Gesa sitzt an der Bettkante und klopft mit der Handfläche auf das Bett. Clemens legt sich hin und zieht die Hose herunter. Sie fasst seinen Schwanz an, er erigiert schnell.

„So ist es gut", sagt sie. Sie trägt die weiße Schminkfarbe mit den Fingern auf. „Das Rot brauche ich eigentlich gar nicht", sagt sie und presst die Lippen nachdenklich aufeinander. Dann nimmt sie den Pinsel und tuscht sein Schamhaar grün und hellbraun. Das braucht etwas länger. Seine Erektion lässt nach.

„Hey", sagt sie, „was ist denn das für ein Leuchtturm?" Sie kramt hastig in ihrer Tasche und holt eine Spiegelreflexkamera hervor.

„Hey Leuchtturm, was ist los?", ruft sie, während sie sich über Clemens Becken beugt und auf den Auslöser drückt. Sie legt zwischendurch die Kamera ab und versucht, den Leuchtturm zu stabilisieren.

„So `n Kack", murmelt sie. Sie packt die Kamera wieder ein. „Naja", sagt sie, „ist halt der schiefe Leuchtturm von Gesa".

„Vielleicht braucht er einen neuen Anstrich", sagt Clemens.

„Quatsch", sagt sie, „er wurde ja gerade frisch gestrichen." Sie hat jetzt den Ernst einer Statikerin. Sie pinselt die Dünen fertig. Der Leuchtturm ist jetzt total aus dem Lot, er kippt auf die Seite.

Sie packt die Farben und die Pinsel in die Tasche und steht auf.

„War nur so eine Idee", sagt sie, „vielleicht kriegst du das ja wieder selber hin. Kannst du dann ein Foto machen? Ich will das für meine Bewerbungsmappe."

Sie lächelt wie eine Kindergärtnerin. Dann steht sie auf und geht zur Tür. Dort dreht sie sich noch einmal um.

„Wo war der Treffpunkt morgen?"

„Steilküste, elf Uhr."

Sie winkt kurz und schließt die Tür in regulärer Lautstärke. Gesa ist eine Künstlerin, denkt er. Er holt Farben und Fotoapparat.

Felicitas. Eshu.

Felicitas ist nach unten gegangen. Sie hat gerufen, durch die kleinen Löcher, sie hat auf den Kanaldeckel gestampft. Sie hat einen Feuerhaken aus dem Retreat mitgebracht. Damit verschafft sie sich Zugang. Es ist sicher verboten, denkt sie, aber es ist richtig. Da ist eine schmale Leiter. Sie ruft. Sie geht ein paar Sprossen der Leiter hinunter, ruft wieder. Er ruft von unten, sie sei willkommen.
Sie bleibt unten neben der Leiter stehen. Feuchter Boden, Geröll. Ihre linke Hand hält weiter die letzte Sprosse. Er geht mit großen Schritten voraus bis in den Raum, unter die Mitte des Gewölbes. Seine Schritte müssten doch hallen, so wie der geht, so groß, so entschlossen, so zu Hause. Doch irgendwas schluckt die Geräusche hier. Sie steht rechts am Ufer eines Kanals. Im Kanal fließen träge, schwarze Wasser. Es riecht hier nach Asche und nach Regen auf Asphalt. Der Kanal ist zu breit, um darüber springen zu können. Am anderen Ufer zieht ein schmaler Gang in die Wand hinein. Ein Fährmann könnte Reisende übersetzen. Rechts von ihr ragt feuchtes Ufer auf, steht geschichtetes Gestein, Kalk. Die Decke wechselt die Höhe. Bereiche, in denen Felicitas nur kriechen könnte, bis zu dem Platz, wo der Fuchs jetzt steht, hoch wie eine Kapelle. Ganz oben, randständig, ragt ein steinerner Balkon in die Halle mit Stalaktiten an der Brüstung. Darauf steht ein fellbezogener Hocker. Wie kommt der Fuchs dort hoch? Oder sitzt dort jemand anderes? Und dahinten liegt ein großes Kissen mit kleinen Katzen. Sie scheinen zu

schlafen. Oder sind sie tot?
Der Fuchs steht ihr gegenüber, Handflächen nach vorn gedreht, sieht sie an, dann wieder auf den Boden. Springender Blick.
„Die Katzen schlafen“, sagt er.
Hat er sie herunter gelockt? Hat sie ihn bedrängt?
„Setzen?“, fragt er. Die Stimme klingt wie dunkles Husten. Sie hatte eine andere vermutet, höher, schnarrender. Er holt einen Schemel, der hinten im Raum auf der Seite liegt und stellt ihn auf. Sie müsste die Leiter verlassen, um dort hinzugelangen. Sie geht, die Füße schiebend, flach atmend. Sie bleibt neben dem Schemel stehen.
„Leben sie hier?“
„Nein“, sagt er.
Sie merkt, dass man das Wasser fließen hören kann.
„Weiter unten, da“, sagt er und neigt den Kopf nach hinten.
„Ist es weit?“
„Sechs Minuten zu Fuß am Kanal entlang. Mit dem Floß zwei Minuten.“ Er wartet ab, denkt sie. Wie ein guter Jäger.
Ihre Augen haben sich der Dunkelheit angepasst. Hinter dem Fuchs, neben dem Kanal, macht sie jetzt eine stehende Figur aus. Eine schwarze Statue, Holz, am ehesten, afrikanisch. Hüfthoch, mit einer bananenartigen Mütze.
„Eshu“, sagt er.
„Ich möchte gehen“, sagt sie, „ich möchte wieder nach oben.“
Er sagt nichts, blickt auf den Boden. Sie geht rasch zur Leiter, nimmt zwei Sprossen auf einmal, schaut kurz zurück, aber kann nicht bis zum ihm sehen. Er verfolgt sie nicht.
„Tut mir leid“, ruft sie. Eine Antwort kann sie nicht ausmachen. Sie klettert. Am Kanaldeckel angelangt, starrt

sie durch eines der schmalen Löcher nach draußen. Es dämmert. Sie drückt mit der Schulter den Deckel zur Seite. Jetzt keinen Fehler machen, denkt sie, schiebt den Kopf seitlich über die Fahrbahnebene. Kein Wagen zu sehen, nichts zu hören, sie stemmt sich hoch, sieht sich um, dann an sich herunter. Ein Lieferwagen passiert. Sie schiebt den Schachtdeckel mit den Füßen ein Stück zurück. Sie streicht sich das Haar aus dem Gesicht, dann bringt sie sich in Sicherheit. Vom Straßenrand aus schaut sie zurück: Der Kanaldeckel liegt schräg auf dem Zugang zur Welt des Fuchses, des Eshu, des schwarzen Flusses. Für Uneingeweihte liegt da ein aus der Fassung geratener Kanaldeckel, schief und harmlos wie eine Baskenmütze.

Felicitas. Heim.

Das Pflegeheim St. Johanni besteht aus zwei Gebäuden: einer Villa mit Fachwerkelementen und einem Gelbklinker Neubau mit quadratischen Kunststofffenstern. Es ist nur zehn Minuten mit dem Auto vom Retreat entfernt. Die Villa bräuchte einen Anstrich, denkt Felicitas und überlegt, ob man Gelbklinker gut reinigen kann. Zum Eingang führt eine Rollstuhlrampe, die Geländer sind vorbildlich. Die Pförtnerloge ist nicht besetzt. Felicitas drückt den Knopf der Sprechanlage, dann öffnet sich eine gläserne Schiebetür.
Hinter der Tür schlägt ihr der Geruch entgegen: Ei, Silage und Chlor. Die Auswahl der Möbel erfolgte nach den Kriterien Abwaschbarkeit, Langlebigkeit und Brandfestigkeit. Fast alles ist zweckmäßig, der Rest ist Deko. Sie spürt ihre Abneigung, wenn sie die Gruppe von Bewohnern in der Lobby sitzen sieht, sie können nichts dafür. Stumm wird sie von Blicken verfolgt.

„Guten Tag“, sagt Felicitas, etwas zu laut, aus Rücksicht auf Schwerhörigkeit und wegen des Ärgers, weil sie so beglotzt wird. Irgendwer murmelt eine Antwort, die niemand versteht und die niemanden interessiert.
Ein Besuch hier ist die Konfrontation mit dem Ende, mit der Isolation, der Unselbstständigkeit. Alle Jüngeren gehen abends nach Hause, bis auf den Nachtdienst. Die anderen sind nicht freiwillig hier, sie sind hier, weil es nicht mehr anders geht. Das Pflegeheim ist eine zielfreie Zone. Bodenhaltung von Menschen, die im Weltgetriebe ohne verrechenbaren Nutzen sind. Das Pflegeheim ist ein Wartesaal.
Felicitas nimmt den Fahrstuhl, ihr Vater lebt im Bereich „Warnowtal“ im dritten, obersten Stockwerk. Er hat ein Einzelzimmer, Felicitas zahlt dafür extra. Ursprünglich hätte er in einem Zweibettzimmer leben sollen. Der potenzielle Mitbewohner konnte nicht mehr sprechen, er schien alles zu verstehen, aber wiederholte nach einem Schlaganfall nur noch einzelne Silben. Sein Lächeln schien zu sagen: „Ich kann nicht sprechen, aber ich bin kein Depp“.
„Das ist völlig in Ordnung“, hatte Gust sich dazu geäußert, „ich will ja auch nicht viel reden.“
Aber Felicitas wollte nicht, dass Gusts Leben auf zwanzig Quadratmeter und wenige Silben begrenzt würde. Sie hat ihre Arbeitszeit aufgestockt, damit Gust in einem Einzelzimmer leben kann. Zum Essen geht er in den Gemeinschaftsraum. Manchmal geht er zum Filmeabend, er führt eine Liste von Schauspielern, die nicht mitspielen dürfen. Für weitere Gemeinschaftsaktivitäten ist er nicht zu haben. Spielen und Basteln hätte er seit achtzig Jahren vernachlässigt und würde es jetzt nicht wieder anfangen, hatte er gesagt, als die Heimleiterin, Frau Kaltenbrunner, Felicitas und ihm das Programm darlegte. In einer Vitrine im Eingangsbereich werden Bastel- und Werkarbeiten der Bewohner ausgestellt. Auch dem

Chor „Die Lerchen", wollte Gust nicht beitreten, obwohl er früher im Chor gesungen hatte, im Männerchor, hatte Felicitas ergänzt. Sie würden nie einen Männerchor zusammenkriegen, hatte Frau K. ergänzt, ihre Brille etwas tiefer gesetzt und Gust über die Brillengläser hinweg angesehen.

Die Lerchen proben mittwochs. Am ersten Sonntag des Monats geben sie ein Konzert. Der Gesang klettert die Wände hoch bis in den dritten Stock und dringt unter dem Türspalt in Gusts Zimmer. „Wie Trockeneisnebel", hat Gust gesagt. Im Sopran sticht Frau Stöckers Stimme heraus, die beim Essen am Nebentisch sitzt. Während des Essens sieht sie manchmal mit einer vogelartigen Kopfbewegung zu Gust herüber. Warum, weiß er nicht. Er nickt als Antwort leicht mit geneigtem Kopf. Warum er das macht, weiß er auch nicht. Er hat das Gefühl, das halte ihr Verhältnis in der Balance.

Gust steht im Türrahmen seines Zimmers, auf den Rollator gestützt und blickt Felicitas entgegen. Er will ansetzen, ihr entgegenzugehen, aber sie ist schon bei ihm und küsst ihn auf die Wange. Ihre raschen, leichten Schritte. Die Haut an seinem Schädel ist so dünn, denkt sie vielleicht. Er müsste sich rasieren. Oder muss er rasiert werden? Sie setzt Kaffeewasser auf und packt den Kuchen aus, den sie mitgebracht hat.

„Was gibt es Neues in St. Johanni?", fragt sie.

Sie versucht es immer auf diese Weise.

„Diese Woche war eher still", sagt er, „ereignisarm. Es gibt eine neue Schwester. Eine Schwarze mit ungewohntem Namen, hm, vergessen. Der Kreuzer, aus der Sechs, hat ne dumme Bemerkung gemacht deswegen."

„Was hat er gesagt?"

„Er hat sie lange angesehen, er hat sich sogar im Rollstuhl nach vorne gelehnt, um ihr länger nachzuschauen. Dann hat er gesagt: Direkt aus dem Busch. Die kommt direkt aus dem Busch."

„Und, was habt ihr unternommen?"
„Karin ist gekommen und hat mit ihm geschimpft. Er sollte sich entschuldigen. Hat er nicht gemacht, hat gesagt: ‚Ist schon gut, ist schon gut.' Und als sie weg waren, hat er geflüstert: ‚aus den Schutzgebieten.'
„Findest du das in Ordnung?"
„Immerhin hat er gemerkt, dass es nicht egal ist, was er sagt. Das jemand zuhört."
„Und für die Pflegerin?"
„Soll jetzt im Haus F arbeiten. Werden ja überall gebraucht. Der Kreuzer ist noch älter als ich. Man wird ihm nichts mehr austreiben. Er ist fixiert, geistig und körperlich, fast schon in Formalin. Dabei fällt mir ein, er hat sich der Anatomie vermacht, immerhin."
Er schaut Felicitas an. Das ist selten, dass er so direkt schaut. Er dreht auch die Augen nicht weg. Sie sind immer ein bisschen wässrig und die Unterlider sind gerötet.
„Und du", fragt Felicitas, „hast du noch Freude am Leben?"
„Schlafen und Verdauung sind angenehm. Und die Currywurst jeden zweiten Mittwoch. Darüber hinaus müsste ich nachdenken. Lass uns Kuchen essen. Ich habe nachher was für dich, erinner mich daran."
Schon hat er eine Gabel im Mund und sie denkt, jemand der solche Lust verspürt, will nicht sterben. Er hat einen Krümel an der Unterlippe und merkt das nicht. Irgendwann fällt der Krümel auf den Teppich. Er ist kaum zu sehen, weil der Teppich ein Tarnmuster hat, für Krümel und anderes. Sie sprechen nicht, sie kauen.
Dann sagt Gust:
„Warum will ich keine Brettspiele? Warum will ich nicht singen? Ich weiß es nicht." Dann steht er auf. Das heißt, er stemmt sich an den Lehnen des Sessels hoch. „Aufstehen ist ein Projekt", sagt er.
Er löst die Bremsen des Rollators und rollt herüber zur Kommode, greift mit etwas Mühe einen kleinen,

flachen Gegenstand von der Kommode und wankt ohne Rollator zurück zur Tochter. Sein Gang ist breitbasig, der Oberkörper ein Stück nach vorn geneigt, die Arme sind zu den Seiten ausgestreckt, falls er fällt. Er lässt etwas in ihre Hand fallen, es ist ein Diapositiv. Sie hält es gegen das Licht. Es zeigt sie drei, die Familie. Felicitas als Schulkind, im Hintergrund ein Fachwerkhaus.
„Wernigerode im Harz."
„Warum gibt es eigentlich keine Fotos von mir als Baby?"
Er zögert. „War damals nicht so üblich, mit dem Fotografieren. Dafür gibt es besonders viele von dir ab Kindergarten. Das hier hab ich in einem alten Koffer gefunden, schenk ich dir."
„Hat Mutter mich eigentlich gestillt?"
„Hat sie. Jedenfalls am Anfang. Denk ich."
„Was, findest du, ist an mir, was dir ähnelt?"
„Vielleicht die Hände?" Er besieht sich seine Hände, es sind Tatzen, er muss lachen. „Entschuldige", sagt er.
Seine Augen sind klein geworden, findet sie. Wie zugewachsen von den Falten drumherum. Sie wird ein kleines Loch durch den Diarahmen bohren und ihn als Kette tragen.
Gust bleibt stehen, ein Zeichen, dass er jetzt gern allein wäre. Alles strengt ihn an. Wann das Fest sei, fragt er nochmal, und dass er noch nicht wisse, ob er komme. Je nach Tagesform und abhängig davon, ob das Aufstehen klappe. Er habe demnächst noch etwas für sie, sagt er, während sie aufsteht. Bei der Umarmung muss sie ihn halten, damit er nicht fällt.

Gust. Hein.

Mister Hein sitzt in einem Ohrensessel in der hintersten Ecke seines Zimmers. Als er Gust erblickt, schlägt er das

Buch auf seinem Schoß zu und hebt die Hand zum Gruß. Auf der anderen Seite des Raums stehen ein Pflegebett und ein Toilettenstuhl. Er bedeutet Gust mit der Linken, sich auf den Schemel ihm gegenüber zu setzen. Zwischen ihnen steht ein rundes Tischchen, auf dem zwei Gläser und eine Karaffe mit Wasser stehen. Daneben ein Sparschwein aus weißem Porzellan. Gust steuert den Rollator auf den Schemel zu und macht ihn fest.

Mister Hein ist im Heim bekannt. Er wohnt in der oberen Etage, in einem der Balkonzimmer. Eigentlich heißt er Wolf Gudert und lebt schon lange hier. Länger, als die meisten Bewohner und Angestellte hier sind. Die Balkonzimmer sind begehrt, man muss lange hier leben, um auf der Warteliste Platz 1 zu erreichen. Er geht selten ins Restaurant, an Aktivitäten nimmt er nicht teil. Nur wenn Musiker ins Haus kommen, zum Beispiel die beiden rumänischen Musikstudenten. Dann sitzt er in der Lobby in der Nähe des Klaviers.

Wenn sein Name genannt wird, schwingt eine Anerkennung mit, ein Beiklang, ein Nicken des Kopfes, ein Zucken der Brauen. Wofür, kann Gust noch nicht sagen. Dafür, dass er so lange durchgehalten hat? Für seine Sachkenntnis und Beratungstätigkeit? Eine Tischnachbarin hat zu Gust gesagt: Das St. Adolf Stift hat den großen Wintergarten. Aber wir haben Mister Hein. Mister Hein ist eine Institution. Dieser Institution sitzt Gust jetzt gegenüber.

„Es soll nicht zu gemütlich werden. Sonst kommen wir ins Schwätzen." Er sagt diesen Satz sehr routiniert, es scheint sein Einleitungssatz zu sein.

„Verstehe." Gust hat Mühe, sich auf den tiefen Schemel nieder zu lassen.

„Und man kann nicht so einfach aufstehen und gehen, wenn es schwierig wird", sagt Mister Hein und lächelt. Gust bemerkt, dass Mister Hein schielt. Gust weiß nicht, für welches Auge er sich entscheiden soll.

„Das Linke ist ein Glasauge", sagt Mister Hein. „Gute Arbeit aus Thüringen. Gibt es heute nicht mehr. Suchen Sie sich ein Auge aus, in das Sie sehen wollen."
Gust wählt das Linke.
„Ich sehe", sagt der Mister, „der Tod zieht Sie an."
„Stimmt."
„Ich höre, Sie machen keine unnötigen Worte. Ich kann das nachvollziehen. Wie Sie sehen, habe ich noch nicht die ultimative Form der Sterbehilfe gefunden. Aber ich habe aus vielen Fehlern gelernt. Inzwischen gibt die Suizidberatung meinem Leben wieder einen gewissen Sinn. Ich bin Gasthörer in der Rechtsmedizin, habe Kontakt zu verschiedensten Menschen, kann helfen und verdiene etwas dazu", dabei zeigt er auf das Sparschwein, „die Erstberatung kostet fünfzig Euro. Zweitberatungen sind meist nicht nötig."
Er macht eine Pause. Das Atmen fällt ihm schwer, besonders beim Ausatmen muss er etwas pressen. Gust schmerzt der harte Schemel, Gust ist wund. Die Schwester tut Creme drauf.
„Meine persönliche Ansicht ist, dass wir eine Art des Sterbens finden sollten, die zu Ihnen passt."
„Es soll schnell gehen und sicher sein", sagt Gust.
„Das sagen alle. Aber unser Tod sollte zu uns passen. Finden sie nicht?"
„Darüber habe ich noch nicht nachgedacht."
„Hm. Haben Sie in Ihrem Leben geheiratet?"
„Zweimal."
„Ich nehme an, Sie haben sich damals Gedanken über die Ausrichtung der Hochzeit gemacht? Über das Wie wichtiger Entscheidungen soll man sich Gedanken machen."
„Aber an die Hochzeit erinnert man sich."
„An die Umstände des Todes erinnern sich alle anderen."
„In Ordnung. Deshalb bin ich hier."
„Dann sind wir uns einig. Wie alt sind Sie?"
„Zweiundneunzig ..."

„Sie wirken jünger."
„Nützt nichts."
„Stimmt. Alt genug, um nichts mehr zu erwarten. Außer eben einen ordentlichen Tod."
„Also, was können Sie empfehlen?"
„Fangen wir in der Nähe an: Die Bahn wäre eine Möglichkeit. Tod im Gleis. Beliebt ist der Eurocity nach Prag, Prag hat etwas Melancholisches. Wer will schon vom Regionalzug nach Jasnitz am Hals amputiert werden? Aber die Bahnstrecke ist schwer zugänglich. Wussten Sie, dass in Japan blaues Licht die Menschen davon abhält, zum Suizid auf die Gleise zu gehen?"
„Was dann?"
„Die beliebtesten Methoden sind eigentlich auch die besten: Erhängen, erschießen, vergiften und Exit-Bag, also Plastiktüte."
„Und die Pulsadern in der Badewanne?"
„Vergessen Sie das. Eine Schweinerei für histrionische Persönlichkeiten."
Die Pupille in Mister Heins Glasauge bleibt unentwegt auf Gusts Gesicht gerichtet. „Gehen wir die vier Klassiker durch: Erhängen hat sich über Jahrhunderte bewährt. Achten Sie darauf, dass der Haken gut sitzt, im Zweifelsfall dübeln Sie neu. Als Seil empfehle ich ein Kletterseil aus dem Sportgeschäft. Und achten Sie auf die richtige Fallhöhe: Es sollte mindestens ein Meter sein, aber wenn Sie die Chance auf drei oder sechs Meter haben, umso besser. Es geht schnell, aber schmerzlos ist es nicht."
„Woher weiß man das?"
„Von Nicolas` Minovicis Selbstversuchen. Sehen Sie da drüben."
Mister Hein weist an die Wand über dem Nachtschränkchen. Dort hängen mehrere gerahmte Bilder. Auf einem braun-weißen Foto erkennt Gust einen auf der linken Seite liegenden Mann, dessen Kopf in einer Schlinge

steckt. Weitere Fotos zeigen Mister Hein im Rollstuhl auf einer Beerdigung, Mister Hein mit Rucksack am Rand einer Gletscherspalte und eine junge Frau, die ein Fläschchen in die Kamera hält.

„Schlaftabletten, wie ist es damit?"

„Kann man gut machen. Etwas softer. Sie müssen eben an die Medikamente herankommen und brauchen eine Beratung bei der Mischung. Valium allein reicht nicht, Sie brauchen auch Pentobarbital. Hüten Sie sich vor Websites, in denen der freie Verkauf beworben wird. Sie brauchen auch was gegen Übelkeit, nicht, dass Sie das Gift erbrechen. Ich persönlich würde diese Methode mit dem Exit-Bag kombinieren."

Er öffnet ein Schränkchen hinter sich und holt einen großen Plastiksack hervor. Er hält ihn vor sich und zieht an einem Band, was den Oberrand der Tüte zusammenzieht und kräuselt. Gust fühlt sich an die Vorführungen von Stewardessen erinnert.

„Prüfen Sie den Sack gegen das Licht auf Löcher. Oder pusten Sie ihn auf. Er darf keine Löcher haben. Ich spreche aus Erfahrung."

Es klingelt. Heins Handy. Er legt den Exit-Bag auf seinen Schoß.

„Ich bin gerade in einer Beratung. Ja. Hm. Verstehe. Kenne ich. Morgen?"

Er holt den Kalender unter dem Exit-Bag hervor, blättert mit einer Hand. „Fünfzehn Uhr ist schon belegt. Sechzehn Uhr? Sehr gut. Mit dem Krankentransport? Kein Problem. Auf Wiederhören."

Hein trägt einen Namen in den Kalender ein.

„Wo waren wir? Ach ja: Wenn Sie keinen mit Tunnelzug finden, nehmen Sie Gummiringe. Sie müssen das gut timen. Wenn die Sedativa zu wirken beginnen, müssen Sie die Gummiringe über den Kopf ziehen. Die müssen am Hals noch eng anliegen. Machen Sie also eine Art Generalprobe. Das Allerwichtigste aber ist: Der Beutel muss groß sein. Wenn er zu klein ist, steigt die CO2-Konzentration schnell und Sie bekommen Luftnot und Schlundkrämpfe. Wenn Sie keinen geeigneten Sack haben, verkaufe ich Ihnen so einen hier. Zwanzig Euro. Übrigens, hatten Sie schon gezahlt?"

Gust steckt einen Fünfziger in das Loch für die Scheine auf dem Rücken des Sparschweins. Man kann das Schwein mit dem Arm erreichen, ohne aufzustehen.

„Und", fragt Mister Hein, „was denken Sie?"

„Erschießen fehlt noch. Ich dachte, das sei am ehesten was für mich."

„Man muss einplanen, dass, wenn man die Waffe in der Hand hält, Zweifel aufkommen. Keine andere Methode setzt Selbstmitleid so stark in Gang wie diese. Wichtig ist, dass man die Pistole an der Grenze zwischen hartem und weichem Gaumen ansetzen sollte, hier." Hein schiebt die Spitze seines Zeigefingers in den Mund.

„Aber", er nimmt die Fingerpistole aus dem Mund, „wenn es schief geht, sind Sie schwer behindert, können nicht sprechen oder sabbern zwischen den Mahlzeiten. Und denken Sie auch an die Nachwelt: eine Zumutung. Etwas für wild Entschlossene. Sind sie das?"

„Glaub schon", sagt Gust. Er erhebt sich, auf den Stock gestützt, „verkaufen Sie auch Pistolen?"

„Nein. Das heißt, wenn sie wirklich entschlossen sind, melden sie sich. Ich habe einen Neffen, der gut vernetzt ist. Eigentlich ist es schade, so eine Waffe als Einmalartikel zu benutzen. Haben Sie noch Fragen? Sie können den Feedbackbogen ausfüllen, er liegt da hinten auf dem Bett in der Klarsichthülle."

„Sehr freundlich, danke."

„Gern geschehen", sagt Hein, „Sie finden den Ausgang?"

Rolf. Runa.

Beim Hafen hält der Bus, alle sammeln sich. Der Führer macht vor, wie der Koloss von Rhodos beim Erdbeben in die Knie gegangen ist, man lacht. Die Norwegerin blickt herüber. Sie rückt neben Rolf. Gestern Abend habe sie nicht kommen können.

„Dann heute", sagt sie oder fragt sie, er ist sich nicht sicher. Er nickt.

Sie geht zurück auf ihren Platz und beginnt ein Gespräch mit ihrer Nachbarin, neben der sie auch später beim Mittagsessen sitzt. Zwei Amerikaner gesellen sich dazu, es wird viel gelacht. Kein Blick in seine Richtung.

Am Abend steht sie an der Bar. Mit ihren Absätzen überragt sie ihn um Stirnhöhe.

„Wir können bei mir etwas trinken", sagt sie. Rolf folgt ihr wie ein Dackel.

„Wie heißt du?", fragt sie ihn, als sie auf dem Balkon ihres Appartements sitzen. „Ha", macht sie: „Runa und Rolf, Rolf und Runa". Das wäre doch ein Traumpaar für die nordische Mythologie. Man müsse wissen, mit wem man es zu tun habe. Rolf will ein wenig fragen, interessiert sich: wie lange sie in Rhodos bleibe, von wo sie in Norwegen herkomme, was sie beruflich mache.

„Langweilig, alles langweilig", sagt sie. Sie hat etwas griechisches Gebäck auf den Tisch gestellt, Rolf lobt das Gebäck. Sie möge es nicht, sagt sie, zu trocken. Sie sieht ihn an. Er habe da Krümel am Mund, sagt sie, steht auf und wischt ihm mit dem Zeigefinger die Krümel von Lippe und Kinn. Sie lässt Mittelfinger und Daumen einen Moment an seinem Kinn verweilen. Er habe sich ganz gut gehalten, sagt sie. Dann führt sie ihn ins Haus und knöpft ihm das Hemd auf. Rolf fingert am Dimmer herum, sie ist sehr schnell nackt. Rolf will sich Mühe geben.

Wenig später schaltet sie das Licht wieder an und

streicht ihm über den Kopf, jetzt müsse sie aber schlafen. Rolf stolpert in seine Hose, sie hält ihm die Tür auf. Als er hinausgeht, überreicht sie ihm seine Bauchtasche. Wenn er schon so etwas trage, solle er das besser sichern, mit einer zusätzlichen Sicherheitsnadel am Reißverschluss, zum Beispiel.
Zurück in seinem Zimmer öffnet er das Gürteltäschchen. Die Visitenkarte des Architekten liegt noch darin. Wenn er sagen sollte, wie viel Geld heute Nachmittag im Portemonnaie war, würde er sagen: mehr als jetzt. Aber sicher ist er sich nicht. Er ist sich überhaupt nicht sicher. Clemens hat sich gemeldet. Alter Pfadfinderfreund. Spontan, verspielt, bisweilen originell, faul. Er hat ihn eingeladen, in sein Haus auf dem Land. Es ist eigentlich das Haus seiner Freundin, soweit Rolf weiß. Das Haus liege im Niemandsland, schreibt Clemens. Man finde es etwa dort, wo sich die Linie Hamburg-Petersburg mit der Linie Berlin-Kopenhagen kreuze. Clemens sagt so etwas gern. Er mag es, große Bezüge herzustellen. Das Haus liegt in Brandenburg, ganz einfach. Aber, egal, wo es liegt, er wird das Angebot annehmen. Es ist ein Wink des Schicksals, ein Zeichen. Und vielleicht, denkt er, ist die Visitenkarte des Architekten das auch.

Felicitas. Wachs.

Felicitas ist zweimal zum Kanaldeckel gefahren und hat eine Weile darauf gestarrt. Sie behält den Feuerhaken in der linken Hand, als sie hinunter klettert. Sie ruft wieder, während sie die Sprossen nach unten steigt. Als sie festen Boden unter den Füßen hat, ist es finster. Sie lehnt mit dem Rücken an der Leiter und umfasst den Haken fester. Sie erkennt Konturen wieder, der Flusspegel ist vom Regen der letzten Tage gestiegen. Sie erkennt den Tisch,

den Hocker, den Steinbalkon und hinten die Holzfigur. Neben dem Geruch des Schlammes ist da ein anderer Geruch, schwerer, dunkler, holzig. Tabak? Ambra, denkt sie. Sie lauscht in die Grotte hinein, hört das Flüstern des Wassers. Er scheint nicht hier zu sein. Ihre Füße tasten in den Raum. Sie erinnert sich, hinter der Holzfigur sollte es weitergehen. Der Geruch wird stärker. Hinter der Figur ist nur ein schmaler Pfad begehbar. Links von Felicias schiebt sich das Wasser in die Dunkelheit, mit der rechten Hand sichert sie sich an der Wand ab. Ein kleiner Kanal mündet hier von rechts in den Fluss, ein Steg aus Stahl führt hinüber, sie könnte auch rechts dem Kanal folgen, aber die Röhre ist schmal, die Decke niedrig, als sei das nicht mehr für Menschen gebaut. Sie bleibt auf ihrem Weg, aus der Dunkelheit funkeln zwei Augen nah am Boden, eine Katze. Läuft eine Acht um Felicitas` Beine und geht dann voraus. Am Zusammenfluss zweier großer Kanäle ragt eine gemauerte Plattform in das Wasser hinein. Eine Treppe führt zu einer zweiten, betonierten Ebene. Auf der unteren stehen Möbel wie zufällig verteilt, eine Matratze auf Europaletten, ein Schrank, an dessen Rückwand ein Regal mit Büchern, ein Wäscheständer, zwei unterschiedliche Stühle, ein Sessel aus Rattan. Darin sitzt der Fuchs und hat eine schwarze Katze auf dem Schoß. Er steht auf, als er Felicitas kommen sieht.
„Ich war mir nicht sicher, ob Sie wiederkommen würden." Die dunkle Stimme.
„Ich mir auch nicht."
„Womit kann ich Ihnen helfen?", fragt der Fuchs und legt seine Hände hinter dem Rücken zusammen.
„Warum leben Sie hier, hier unten?"
„Mit der Auskunft helfe ich Ihnen?" Der Fuchs geht auf einer kleinen Fläche hin und her. Felicitas hält Abstand.
„Immerhin lebe ich, völlig unbehelligt. Sie sind eine der wenigen, die den Weg hierher fanden. Hier sind es, zum Beispiel, immer zwischen sechzehn und achtzehn

Grad Celsius, außer im Winter. Eine Temperatur, die mir liegt. Nur die Abwasserwärmerückgewinnnung macht mir Sorge, es wird kälter werden. Aber ich komme ins Schwätzen. Weitere Fragen?"
„Wovon leben Sie?"
„Ich gebe Nachhilfe in Mathematik. Und führe Behandlungen durch und Beratungen. Für Suchende. Orakel, Rituale, so etwas."
„Ich bin Felicitas. Wie heißen Sie?"
„Spielt das eine Rolle? Ich habe gemerkt, dass Sie mich wie einen Fuchs ansehen, ist das so? Ein schmeichelhafter Vergleich, was Sinnes- und Sozialleistungen angeht – bleiben Sie gerne dabei."
Er deutet eine Verbeugung an.
„Ich möchte jetzt fragen", wirft der Fuchs ein, „warum sind Sie mir gefolgt?"
„Ich weiß es nicht. Es war eine ganz spontane Entscheidung."
„Denken Sie nach. Irgendwo in Ihnen hockt eine Erklärung."
Der Fuchs wartet ab, Felicitas sieht auf den Boden. Ihr fehlt gerade der Zugriff zum Denken. So wie ihrem Vater manchmal der Zugriff zum Laufen fehlt.
Das sagt der Fuchs. „Will ich mich von jemandem trennen? Will ich Kinder? Wie gehe ich mit meinen Eltern um? Oder auch: Gibt es Geheimnisse, die mein Leben umgeben, von denen ich nichts weiß? Diese Sachen. Die Mathematik bietet Verfahren für vieles, aber sie lässt das Göttliche aus. Und das Unbewusste, das Schicksal. Meine Methoden lassen das zu."
„Was soll ich tun?"
„Setzen Sie sich auf diesen Schemel, mit dem Rücken zum Fluss", sagt der Fuchs. Er selbst verschwindet hinter einem Vorhang.
„Näher zum Fluss", ruft er hinter dem Vorhang. Er tritt vor den Vorhang mit allerlei in den Händen: einem Tuch,

einer Plastikflasche, einer Trommel. Felicitas soll mit dem Schemel noch näher zum Kanal rücken. Zwischen Rückenlehne und Ufer soll noch ein dünner Mensch hindurchpassen, mehr nicht. Die Katze ist verschwunden. Aus einem Stoffbeutel holt der Fuchs eine Handvoll kleine Steine und Muscheln. Vor Felicitas geht er auf ein Knie. Er verharrt einen Moment, sie sieht, dass er den Mund bewegt. Unvermittelt wirft er Steine und Muscheln auf den Boden zwischen Ihnen. Felicitas bemerkt, dass der Boden hier blankgerieben ist. Der Fuchs gruppiert die Steine, gruppiert die Muscheln. Er atmet hörbar und brummt. Dann nimmt er einen Schluck aus einer Plastikflasche und spuckt den Inhalt feinverstäubt in den Raum. Das muss man können, eine Flüssigkeit durch den Mund so fein zu zerstäuben, das ist ja kein Spucken, denkt sie. Er macht ihr vor: Sie soll sich nach vorne beugen. Er spricht nicht, er deutet. Er ist in einen nasalen Singsang verfallen, die Töne schweben im Raum und werden durch das Wasser fortgetragen in die Tunnel, Röhren, Kanäle. Sie hat das Kinn jetzt auf der Brust. Dann beugt er sich über sie. Sie weiß nicht, ob sie das will. Ein Nacken ist schutzlos, ihr Hals verletzlich, Blut, Nahrung, Luft, alles geht da durch. Er könnte sie schneiden, beißen. Er nimmt einen neuen Schluck aus der Flasche. Sie spürt, dass er die Flüssigkeit im Mund behält, dann sprüht er ihr das Gebräu in den Nacken. Es ist kalt, es riecht nach Gärung. Die Flüssigkeit rinnt neben den Dornfortsätzen der Wirbelsäule hinunter. Sie könnte aufstehen und gehen, sie könnte jederzeit gehen, vielleicht sollte sie, man würde ihr dazu raten, im Allgemeinen, denkt sie und dann denkt sie, was ist denn das für eine Floskel „im Allgemeinen“, sowas sagt sie doch sonst nicht. Wenn sie nach hinten kippt, fällt sie in den Fluss.
Der Fuchs führt ihren Kopf an Stirn und Kinn mit den Mittelfingern beider Hände in die Senkrechte wie ein

stummer, strenger Frisör. Er hat sie berührt. Es war sanft und eindeutig, er weiß, was er tut. Sie sitzt jetzt sehr aufrecht. Er geht in die Ecke, greift eine Trommel, ein Tambourin, so etwas. Hält es in der Linken, schlägt sie mit der Rechten. Das macht ihre Augenlider schwer. Sie will sie aufhalten, die Augen. Beim Trommeln schleicht er um sie herum. Die Trommel geht immer gleich, tumm-tumm-tumm, wie der Schlag eines selbstsicheren Herzens. Dann legt er die Trommel beiseite und bestreicht sie mit Wachs einer Kerze an Armen, im Nacken, den Wangen. Summt weiter, besprüht mit dem Mund zwei weiße Hühnereier, dann rollt er die kalten Eier in ihrem Nacken, ihren Schultern, ihren Armen. Er singt etwas, ein richtiges Lied ist das aber nicht, seine Stimme ist so kehlig. Er drückt die Eier auf ihre Augen. Das macht sie schwer, hinter den Augen entstehen Farben. Muss sie denn jetzt schlafen? Das dauert zu lange, um wach zu bleiben. Er drückt unmissverständlich. Wenn die Eier jetzt platzen. Wie sollte man die Verletzung erklären? Er ruft etwas. Es verdämmert. Sie wird schwer, schwer hinter den Augen, schwer im Kopf, schwer in den Gliedmaßen. Etwas strömt in sie hinein, ein Wehr ist gebrochen. Etwas wie warmes, flüssiges Metall strömt in sie hinein. Es bringt Farben mit, ein Rot, ein Violett, dann Gesichter, Gust, Fremde, in konzentrischen Wellen im Rhythmus der Trommel, die übernimmt das Kommando jetzt ganz und Felicitas, Feli, geht in sich, geht unter, geht auf, wie immer man will.

Sie liegt auf einer Schaukel, nein, eine Hängematte ist das, war die vorhin schon da? Sie blickt an sich herunter, die Hose ist voller Schlamm, sie ist barfuß. Sie hat keine Schmerzen, sie ist ruhig. Erschöpft nach einer großen Anstrengung, erleichtert wie nach dem Weinen. Er streicht ihr mit einer Feder über das Gesicht. Seine Augen sind neutral wie Waldseen. Vielleicht müsste sie wieder weinen, aber dann wird die Feder doch nass. Sie könnte

sich wehren, warum denn? Und schläft wieder ein.
Erwacht wieder, Wachs tropft auf ihren Nacken, eine Kerze steht über ihrem Kopf, auf einem Ständer wie einem Galgen. Tropfen zwischen Schmerz und Wohltat. Ihre Einatemzüge sind stotternd wie Seufzer. Das Zwerchfell befreit sich, sie ist wach. Der Fuchs ist nicht mehr bei ihr, die Katze liegt auf dem Boden neben der Hängematte. Dahinten sitzt er auf dem Sessel und tippt in einen Laptop, der im Dunkeln leuchtet.
„Was machen Sie?".
Sie siezt einen Mann, der sie mit Federn gestreichelt hat. Er klappt den Laptop zu. „Protokolle", sagt er.
Er dreht sich zu ihr. Sein Mund ist ein Strich, eingefasst von schmalen, fast muskulären Lippen. Alles ist Sehne an ihm und eingewebte Muskulatur. Er ist, denkt sie, etwas zwischen Rennradfahrer und Druide. Sie lacht, das fühlt sich leicht an. Er bleibt verwrungen auf seinem Stuhl sitzen. Vielleicht sollte sie gehen.
„Vielleicht sollten Sie gehen", sagt er, „ich zeige Ihnen noch das Zeichen für den Einlass. Dann wissen Sie, ob ich da bin. Kein Zugang mehr mit dem Haken."
Als sie die Hände bewegt, lösen sich Wachsbrocken von ihren Unterarmen. Sie läuft barfuß über den Steinboden, ihre Schuhe stehen neben der Hängematte, eng an eng wurden sie abgestellt, wie im Elternhaus. Sein Blick verfolgt sie. An der Wand bemerkt sie ein Barometer, sie kann aus der Entfernung die Beschriftung nicht erkennen. Die Sprossen der Leiter sind wärmer als vermutet. Hat sie sich, zweifelt sie oben, bedankt, hat sie sich verabschiedet? Was ist sie ihm schuldig? Nach Hause geht es da links.
Als Felicitas in ihre Wohnung kommt, steht Clemens in der Küche und brät Eier. Der Tisch ist gedeckt. Sie steckt nur den Kopf zur Küchentür hinein.
„Wo warst du?"
„Nur ein bisschen länger mit dem Rad unterwegs, muss duschen."

„Wart mal“, sagt Clemens, „komm mal. Du hast was im Gesicht, Mehl oder was?“
„Bin schon fast in der Dusche.“
Clemens kommt in das Bad, lass dich mal ansehen, schiebt den Duschvorhang beiseite, hey!, macht Felicitas, er: Du bist ja total verdreckt, bin gefallen, sagt sie, und im Gesicht, fragt er, Staub sagt sie und rubbelt das Gesicht mit den Armen und ein Fuß reibt den anderen sauber.
„Machst Sachen“, sagt er und: „gibt gleich was zu essen.“

Rolf. Haus.

Rolf liegt diagonal auf dem Doppelbett im Hotelzimmer. Als ihm das auffällt, legt er sich gerade hin. Dann steht er auf und sucht das Buch über die Insel. Er schmeißt es in den Müll, duscht nochmal, läuft nackt durch das Appartement und legt sich wieder schräg auf das Bett. Noch ist Zeit bis zum Essen. Übermorgen geht sein Flug. Nicht mal richtig braun geworden ist er. Er nimmt die Visitenkarte des Architekten und wählt die Nummer.
„Woher haben Sie die Nummer?“ fragt der Architekt.
„Von einer gewissen Runa“, sagt Rolf.
„Fantastisch“, sagt der Architekt, „Runa ist fantastisch, finden Sie nicht?“
„Kennen Sie Runa gut?“, fragt Rolf.
„Ja“, sagt der Architekt, „und fast alle rufen hinterher an.“
Und ob er denn jetzt ein kleines, hübsches, weißes Griechenhaus kaufen wolle. Gerade in so einer Übergangsphase des Lebens sei das eine prima Sache.
„Wieso meinen Sie, ich sei in so einer Phase?“, fragt Rolf.
„Erfahrung“, sagt der Architekt.
Ob er sich das Haus mal anschauen wolle.
Rolf nimmt ein Taxi, es ist nicht weit, etwas ins Landesinnere. Der Architekt steht schon vor dem Haus und

winkt. Er ist in Rolfs Alter, trägt ein dunkelblaues, weit geöffnetes Hemd zum grauen Brusthaar, Jeans, Slipper. An diesem Ort sei die Zeit stehen geblieben, sagt er und weist in die Gasse, in der der Eingang zum Haus liegt. Es fallen Wörter wie Tradition, Anwesen, Rückzugsort. Eine verzierte Eisenpforte in Rot gibt den Blick frei auf einen kleinen Innenhof mit Steinkieselboden, Pflanzen ranken dekorativ aus Amphoren. Es folgen hohe, weiß gekalkte Räume mit holzvertäfelter Decke im traditionellen Hauptraum, der Sala. Eine Holztreppe führt in den ersten Stock. Das gesamte Fenster ist ausgefüllt vom Anblick des Meeres. Es beginnt links im Gesichtsfeld, geht bis zum grauen Fleck und direkt danach rechts weiter. Rolf stellt wenige Fragen. Die Küche würde noch renoviert, die Dusche gekachelt. Der Architekt weist mit dem Finger auf Bilder in Prospekten, er lacht, er nickt, er trägt einen silbernen Armreif. Hier, zeigt der Mann, würde er ein Sonnensegel spannen, um den Innenhof zu verschatten. Ein Ouzo am Esstisch besiegelt den Kauf.
„Auf Griechenland", sagt Rolf.
„Auf das Leben", sagt der Architekt.
Als sich Rolf zurückfahren lässt, genießt er die Serpentinen. Es ist etwas passiert, fühlt er, ein kleiner Aufbruch, etwas Neues. So spontan war er selten, so möchte er sein. Wo er einen silbernen Armreif kaufen könne, fragt er den Taxifahrer. Der kennt den besten Silberschmied der Insel.

Clemens. Rolf.

Der Bademeistersitz stammt aus dem Freibad in Deputh. Das Freibad ging pleite. Clemens hatte Geld geboten. „Nehmen Sie ihn", sagte der Mann von der Kasse, „sein Anblick macht uns traurig."

Er steht jetzt zwischen den beiden Scheunen im Retreat, am Rande des Innenhofes. Es ist ein Hochsitz, wie ihn auch Tennisschiedsrichter benutzen, rot gestrichen. Die Farbe blättert ab. Clemens findet ihn „vintage". Auf ihm sitzend, kann man die Weide überblicken und die Landstraße, die von der leichten Erhebung im Westen ins Dorf führt. Es ist ein guter Platz für Kinder, da oben. Ganz am Anfang waren mal Kinder da, aus dem Dorf. Die Kinder der Freunde sind inzwischen zu alt für den Hochsitz. Sie liegen auf Sofas und haben Google Earth.
Clemens steigt auf den Sitz, wenn er rauchen will. Ganz im Osten sieht man das Asylantenheim. Manchmal streunen Bewohner aus den Unterkünften hier umher und kommen auf den Hof. Es gibt eine Dreiergruppe, die immer wieder kommt. Als sie zum ersten Mal Clemens auf diesem Gestell sahen, mussten sie lachen. Inzwischen unterhalten sie sich manchmal mit ihm. „Wie gehts?". „Gut." „Wo kommt ihr her?" „Eritrea, Afrika." „Und du?" „Hamburg".
Manchmal halten sich die Männer an den Händen. Clemens hat sie zum Abschlussfest eingeladen („Big Party! Eating, Drinking, Dancing!") und ihnen den Termin auf einen Zettel geschrieben.
Am ehesten steigt Clemens auf den Hochstuhl, wenn er Besuch erwartet. Rolf hat geschrieben, erst von einer Raststätte bei Karlsruhe, später an der Ausfahrt Potsdam. Er hat die voraussichtliche Fahrtzeit angegeben und gefragt, ob er etwas einkaufen sollte. So ist Rolf, so war er immer. Rolf ist vier Jahre älter als Clemens, das hat sich relativiert. Aber wenn Clemens Rolf gegenüber sitzt und die Augen zusammenkneift, kann er ihn manchmal sehen, den Älteren, den Lehrer, die Autorität. Jetzt wird sich das wandeln, Rolf ist seit ein paar Jahren verwitwet, sein Sohn lebt in Australien. Rolf ist seit ein paar Wochen im Ruhestand. Jetzt war er auf Rhodos, aber eigentlich ist er auf dem Weg ins Alter. Er ist in der Krise, deswegen

ist es gut, wenn er kommt und ein bisschen bleibt. Dafür, findet Clemens, soll das Haus hier sein.
Ein schwarzer Volvo SUV gleitet über den Hügel Richtung Dorf. Clemens nimmt die letzten beiden Stufen der Leiter im Sprung und wartet als Empfangskomitee vor dem Hoftor, bis der Wagen vorfährt. Rolf setzt noch einmal zurück, der Volvo steht dann genau parallel zum Zaun neben dem Haus. Clemens umarmt Rolf, klopft auf seine Schulter. Rolf trägt eine Leinenhose, ein hellblaues Hemd mit Stehkragen, eine hellbraune Hornbrille. Er schwitzt ein bisschen auf der Stirn. Er trägt einen silbernen Armreif, der nicht zu ihm passt, findet Clemens. Rolf möchte nicht, dass Clemens die Reisetasche aus dem Kofferraum hebt.
Sie schlendern unter Wortwechseln in den Hof. Wiedersehenswetter. „Ja, einen Tee, warum nicht mal Tee?", antwortet Rolf.
Clemens schenkt ein. Rolf atmet hörbar aus, sieht sich um. Felicitas tritt aus der Ostscheune wie aus einer Theaterkulisse. Immer, wenn Clemens Felicitas in Gesellschaft anderer erblickt, gelingt es ihm kurzzeitig, sie wieder mit den Augen eines Fremden zu sehen. Ihr weicher Gang, das Tänzerische, das Dunkle, Südamerikanische, kommen ihm wieder zu Bewusstsein.
Die Begrüßung von Felicitas und Rolf ist noch ungelenk, nach einem Augenblick beiderseitiger Ratlosigkeit kommt es zu einer knöchernen Umarmung auf Schulterhöhe. Felicitas' Stirn reicht an Rolfs Kinn heran, während sie von Clemens fast zwei Köpfe überragt wird.
Die Unterhaltung der ersten Stunde ist lebhaft, fast erschöpfend. Rolf versichert mehrfach, dass er nicht zur Last fallen möchte, dass er jederzeit wieder abreisen könne. Clemens widerspricht ihm mit großer Geste. Felicitas schüttelt beschwichtigend den Kopf. Rolf wird herumgeführt, Clemens macht ihn auf die Freitreppe aufmerksam, die in dieser Form ursprünglich nicht zu

einem Brandenburger Bauernhaus gehöre, man habe sie dort hingemogelt.
Herrlich sei es hier, sagt Rolf. Aber es sei natürlich auch noch viel zu tun. Und er fragt, was mit dem schiefen Apfelbaum dort sei. Den habe Clemens so eingepflanzt, flüstert Felicitas, als Clemens gerade etwas vorangeht.
Hinter der Eingangstür stehen Schnürstiefel und filzene Hausschuhe. Clemens weist auf die Natürlichkeit unbehandelter Dielen hin, fordert auf, die Fingerkuppen über den Lehmputz der ersten fertigen Wand zwischen den Fachwerkbalken gleiten zu lassen. Im Obergeschoss liegt das Zimmer für Rolf, ein heller Raum mit vom örtlichen Schreiner angefertigtem Bett und Schrank. Drei Sprossenfenster, eines davon mit Aussicht über den Hof und die Felder. In der Senke schimmert der See durch die Platanen. Auf der anderen Seite des Mittelganges öffnet Clemens eine Tür: ein weiteres Gästezimmer, spiegelbildlich zu Rolfs.
„Was dagegen, wenn hier noch jemand einzöge?", fragt Clemens. Er zwinkert Rolf zu.

Rolf. Retreat.

Gezwinkert, das hat Clemens schon früher gemacht, fällt Rolf ein. Vor allem Frauen gegenüber. Eine mimische Anmaßung.
„Kommt noch ein Gast?", fragt Rolf.
„Eine Freundin von Felicitas wird kommen. Lydia.", sagt Clemens. „Meinst du, es wird dich stören? Sehr interessante, schöne Frau, übrigens."
„Ich bin froh um jede Ablenkung."
„Ablenkung, wovon?"
„Zwölfstundentag und plötzlich nichts mehr." Rolf blickt einen Moment ins Leere.

„Komm, ich zeig` dir den Garten." Clemens nimmt Rolf am Arm.
Er führt ihn an der Westscheune vorbei. Sie steigen über den Elektrozaun. Clemens weist mit großer Geste über die Flächen, die zum Gehöft gehören, zeigt auf die Schafe, zeigt die Unterteilung der Weide, den Weideunterstand, die Tränken. Die Schafe sind klein und schwarz. Das seien Quessantschafe, sagt Clemens, und die Farbe sei nicht wirklich schwarz, sondern in der Züchtersprache nonagouti, was er auch gleich in seinen Aquarellkursen eingeführt habe. Ob er den Unterschied zu einem herkömmlichen Schwarz sehe, fragt Clemens. Rolf sieht keinen.
„Kommt noch", sagt Clemens.
„Und das gehört alles Felicitas?"
„Ist das wichtig?", fragt Clemens und steigt dabei über einen kleinen Erdwall. Auf halber Strecke östlich, ein kleines Stück eine Anhöhe hinauf, sind Fenster aufgetürmt. Daraus möchte Clemens ein Atelier bauen, ein „Lichthaus".
„Sogar ein Teil eines Kirchenfensters ist dabei", sagt er und hält eine farbige Scherbe von DIN-A-4-Größe in die Luft.
Nach zehn weiteren Gehminuten sind sie am See. Der Zugang für Fußgänger ist an der Schmalseite, dort ist eine kleine Wiese. Clemens zeigt Rolf das Versteck des Ruderboots im Unterholz. Er hat es vor den wilden Campern versteckt, die immer wieder aus den Großstädten auf die Wiese kommen. Wenn sie erneut das Boot benutzen, will Clemens die Polizei holen.
„Sie lassen einem keine andere Wahl", sagt er.
Ob Rolf sich schon ins Wasser trauen würde, fragt Clemens. Dabei zieht er sich das T- Shirt über den Kopf, wirft es auf den Boden und strampelt die Hose herunter.
„Los", sagt er zu Rolf, „alter Pfadfinder!" Sein Schwanz wippt beim Rennen.

„Ich bin schon vor zwei Wochen schwimmen gegangen."
„Mittelmeer gilt nicht."
Rolf legt die Hose über den Zaun, darüber kommt das Hemd. Clemens steht schon grölend in der schmalen Gasse, die durch das Schilf in den See führt.
Rolf ist sich gar nicht sicher, ob er schwimmen will. Man sieht, wie Clemens mit wilden Schwimmschlägen das Wasser bearbeitet. Rolf rührt probeweise mit dem rechten Fuß im See. Und während sich Clemens schon wieder prustend an Land begibt, gleitet Rolf in den See mit ruhigen Schwimmstößen.

Lydia. Auftritt.

Lydia zieht einen roten Koffer hinter sich her, der rumpelt auf der unbefestigten Einfahrt. In der anderen Hand führt sie eine Leine und umgreift einen Blumenstrauß. Sie trägt einen breitkrempigen Sommerhut. Felicitas öffnet bereits die Arme, Rolf und Clemens lächeln und legen die Köpfe freundlich schief.
„Da kommt noch jemand", sagt sie und wendet sich um, geht in die Knie, „komm, komm", sagt sie. Aber die Leine strafft sich.
„Er traut sich nicht", sagt sie, stellt Koffer und Blumen ab und geht um die Ecke des Hauses zurück. Felicitas lässt die Arme wieder baumeln. Als Lydia zurückkommt, trägt sie einen Hund auf beiden Armen, der Hund versucht, seinen großen Kopf in Lydias Ausschnitt zu stecken. Rolf bietet an, den Koffer zu nehmen. Clemens steht mit den Blumen da, er reicht sie weiter an Felicitas.
„Er ist so schüchtern", sagt sie, "er heißt Chagall."
Alle sehen den Hund an. Es ist ein grauer, wollener Hund mit Schlappohren. Lydia sagt, es sei eine wilde Mischung, man wisse es nicht genau und es sei doch egal, wer mit

wem Sex habe. Australische Aktivisten hätten ihn auf dem Weg zu einer chinesischen Hundeschlachterei befreit. Aber das müsse sie mal in Ruhe erzählen. Man kann Lydia jetzt nicht umarmen.

Lydia trägt den Hund hinter Felicitas her ins Haus. Sonnenbrille, blondierte Locken. Sie hat ein kleines Täschchen umgehängt, rot, wie der Koffer. Das Kleid hat bis zu den Knien rote Punkte auf weißem Grund. Ballerinas mit etwas Absatz. Sie gehen zur Sitzecke auf dem Hof, Lydia setzt den Hund ab, der sich unter dem Tisch versteckt, legt Sonnenbrille und Hut ab. Dann umarmt sie Felicitas, lange, mit geschlossenen Augen, dann Clemens. Rolf gibt sie französische Küsse und hält ihm danach die Hand hin.

„Lydia", sagt sie und lacht. Rolf lacht auch und schüttelt ein bisschen den Kopf.

Hund. Retreat.

Viel Revierplatz. Keine Futterstelle, soweit. Geruchsfestival. Vorjahreslaub, Spitzwegerich, Schuhe, Giersch, Feuer, Scharfgarbe, Hühnermist, Zuccini, Spitzwegerich, Erdbeere. Viel Geviech, Kerbtiere, Achtbeiner und Vögel: Sperling, Amsel, Buchfink, Dompfaff, ein Zaunkönig, ein Kleiber. Ureatkot. Nur vier Menschen, bisher. In einer Scheune Fledermäuse, strenge Note Salmiak. Keine Artgenossen, aber an der Hausecke Riechmarken: Terrierrüde mit viel Tetso, Dambra, Spuren von Sidan, ein Rest von Quelke. Im Nachbarhaus Katze mit rötlichem Schweif, seifiger Wrasen. Rest war schon um die Ecke. Einer der Menschenmänner mit Sport- und Angstschweißgemisch, anderer mit Tabak, Muskat, Kaffee und Nappa. Eine Frau mit Hüttenkäsegeruch, tieffreundlich. Und Lydia, die mich auf Händen trägt. Hunger. Kompost:

nichts Gutes. Dahinten Schafe. Könnte zeigen, wer der Hund im Haus ist, wie die Alten, damals.

Felicitas. Verrat.

Ein Abendregen kommt auf, man zieht nach drinnen, Lydia mit einer der Weinflaschen in der Hand, die andere Hand zum Schutz auf dem Kopf, wie ein Hütchen, mausartige Schritte, „huch", ruft sie. Clemens bewegt sich langsam bei Regen, er öffnet den Mund, um ein paar Tropfen aufzufangen. Felicitas kommt noch einmal aus dem Haus und sammelt die verstreuten Reste auf dem Tisch auf ein Tablett. Alles wird am Küchentisch neu kombiniert: die Sitzordnung, die Teller, volle und leere Flaschen, zwei Kerzen. Man sitzt jetzt enger beisammen. Rolf holt eine Weinflasche und entfernt die Zinnkapsel um den Flaschenhals.
„Ich würde gern ein Experiment wagen", sagt Clemens. Lydia findet das „wunderbar" bevor sie genau weiß, um was es geht.
„Jeder erzählt ein Geheimnis. Etwas, dass er bisher noch niemandem erzählt hat."
Rolf zieht den Korken. Lydia klatscht in die Hände: „Und wenn er lügt, ist es auch in Ordnung. Solange die anderen das nicht merken. Wenn sie es merken, kommt er nochmal dran. Wer zuerst?"
Clemens will durch Flaschendrehen entscheiden, Felicitas soll die Glücksfee sein.
„Das letzte Flaschendrehen ist schon eine Weile her", sagt Felicitas, als sie eine der leeren Flaschen seitlich auf den Tisch legt. Dreht die Flasche, die Flasche trudelt, stoppt, zeigt auf Rolf.
„Ach, Gott", sagt er, schenkt fertig ein, setzt sich. „Ich habe eine Krankheit, die sonst rauchende Frauen ab

sechzig kriegen", sagt er, „eine Augenkrankheit. Augenkrankheiten werden mit Tropfen behandelt, aber das hilft hier nicht. Ich sehe Knicke in den Fugen der Fliesen, ich kann in der Mitte meines Blickfeldes nicht scharf sehen. Wenn Männer Krankheiten kriegen, möchten Sie einen Herzinfarkt oder eine Sportverletzung, aber keine Augenkrankheit."
„Aber Rolf, wie redest du denn darüber?", sagt Lydia.
„Ich bin doch ausgewählt worden. Sonst hätte ich gar nicht darüber geredet."
„Du wirst aber nicht blind", sagt Felicitas.
„Nein", sagt Rolf, „es geht auch langsam, über Jahre, damit man sich daran gewöhnt. Lass nochmal drehen. Ich bin aber raus."
Er nimmt die leere Flasche, Clemens macht einen Trommelwirbel mit den Fingern an der Tischkante, die Flasche zeigt auf Felicitas.
Felicitas zögert, Blick in die Runde.
„Ich war", setzt Felicitas an, lauter als gewohnt, betrunken eben, „ich war in der Unterwelt. Ja, in der Unterwelt, der Kanalisation. Mit einer Art Mann. Der lebt dort. Ich nenne ihn Fuchs." Clemens hört einen Moment auf, mit dem Stuhl zu kippeln.
„Lüge!", ruft Lydia und schleudert die Arme in die Luft, „neue Geschichte!"
Felicitas fährt fort mit glasigem Blick.
„Vor vielleicht sechs Wochen, und dann nochmal und dann zum dritten Mal. Bei den ersten beiden Begegnungen bin ich geflohen. Bei der dritten Begegnung habe ich mich einem Ritual unterzogen. Es ist nichts passiert, also nichts Schlimmes. Es war, wie soll ich sagen, gut, anders, danach. Es sind Dinge aufgetaucht in meinem Kopf, ach, ich weiß gar nicht." Es tritt Stille ein. Alle sehen sie an. „Ich hatte ihn in einer Bäckerei gesehen und bin ihm einfach gefolgt. Er ist gar kein anziehender Mann, das ist es gar nicht, überhaupt nicht", sie blickt zu Clemens.

„Das ist alles durcheinander. Ich weiß gar nicht, wie man das erzählt und ob."
Warum nicht erzählen, warum nicht? Unter Freunden? Sie hat nie geschworen, der Fuchs hat ihr nichts gesagt, sie hat nichts unterschrieben, denkt sie und muss lächeln.
„Hast du mit ihm geschlafen?", fragt Clemens. Rolf: „Drogen?"
Felicitas schüttelt heftig den Kopf.
Lydia: „War es schön?"
„Weiß nicht, schön? Besonders, anders eben."
Und Felicitas erzählt mit einer Stimme, die keine Anstrengung mehr braucht. Sie erzählt von der Bäckerei, beschreibt ihn, behauptet, dass er vielleicht ein Vodoo-Priester oder ein Schamane sei, ist sich sicher, dass er ein Künstler ist. Sie deutet an, was er gemacht hat, sie verschweigt, dass sie einen Filmriss hat für einen Teil des letzten Besuchs. Sie schweigt über die Bilder, die seither in ihr auftauchen. Sie verschweigt, wo die Eingänge in die Welt es Fuchses sind. Zuerst.
Eine Gruppe leerer Flaschen sammelt sich auf dem Tisch. Lydia und Rolf fordern eine Beschreibung des Fuchses, fordern Details. Clemens schweigt.
„Er hat etwa meine Größe, drahtig. Klare, stechende Augen, Haare wie Stroh. Blass. Die Stimme überrascht. Ich würde vermuten, er hat kleine, scharfe Zähne."
Sätze im Verlauf: „Gehst du nochmal hin?", „Hat es dich verändert?", „Warum nicht die Polizei?" „Warum Polizei?", „Was genau hat er gemacht?", „Meinst du, er ist irgendwie gefährlich?", „Die Frage ist: Plant er was?", „Zieht er dich an?"
Felicitas spricht mehr als sonst.
„Wo ist der Einstieg zu seiner Höhle?", fragt Clemens.
Felicitas müsste jetzt zögern. Was hat Clemens vor? Wie würde der Fuchs reagieren? Aber es tut ihr gut, all das zu erzählen, abzulegen. Etwas ganz Eigenes zu haben, eine Erfahrung voraus zu sein, das tut ihr gut.

Clemens. Kaffee.

An einem Samstag, zwei Wochen nach seinem Einzug, steigt Rolf die Treppe von seinem Schlafzimmer in den Wohnraum hinunter. Er trägt Filzhausschuhe und einen dunkelgrünen Pyjama, der einen leichten Glanz hat. Clemens sitzt am Tisch, eine Espressotasse neben sich und das Lokalblatt.

Clemens schaut zu Rolf auf, „Seide?" Er zeigt auf den Schlafanzug.

„Gekämmte ägyptische Baumwolle. Von einer Firma in Biel, die machen das sehr gut", sagt Rolf.

„Kämmen wäre eine gute Idee", sagt Clemens und fährt sich mit der Hand durch die Haare. Er trägt die Haare etwas länger, seit sie an den üblichen Stellen ausdünnen. Er kann das sehen, wenn er den Taschenspiegel im Bad in einem bestimmten Winkel zum großen Spiegel dreht und etwas in die Knie geht. Manchmal bindet er die Haare am Hinterkopf zu einem kleinen Zopf zusammen. Er hat darüber nachgedacht, Glatze zu tragen. Dieser Metallicpyjama von Rolf, findet er, gehört nicht auf diesen Hof.

„Espresso für dich?", fragt er.

„Morgens? Unüblich, aber warum nicht? Vielleicht will ja Lydia auch einen?"

Clemens stellt ihm ein Tässchen hin, Rolf riecht kurz daran, dann nippt er.

„Magst du ihn so?", fragt er.

„Ja, warum?"

„Eher bitter."

„Du findest meinen Espresso bitter?" Clemens hält beim Trinken inne.

„Ich weiß ja nicht, ob du ihn immer so machst. Nimmst du viele Robustabohnen?"

„Findest du das wichtig? Hat das irgendeine Relevanz? Mir schmeckt er. Du kannst dir gern einen Latte macchi-

ato machen, oder den Espresso anders kochen. Alles da auf dem Herd."
„Du trinkst jeden Tag zwei- oder dreimal Kaffee. Warum nicht den Bestmöglichen?"
„Ich finde ihn gut so."
„Ich war ja ein Jahr in unserem Standort in L`Aquila. Ist eben Geschmackssache."
Rolf geht in die Küche.

„Ein Espressokocher, ach so", sagt Rolf. Er schraubt die Teile auseinander und pustet den Kaffeeblock aus dem Filtereinsatz, wäscht, trocknet und sucht den Kaffee.
„Nehmen die Italiener doch auch, die einfachen Kocher."
„In Filmen aus den sechziger Jahren", antwortet Rolf. Er steigt die Treppe mit einem Glas Milch in der Hand wieder hinauf.
Draußen lärmen die Spatzen, vereinzelt fliegen schon Wespen.
Nach dem Frühstück lässt sich Rolf von Felicitas den Rasenmäher zeigen, Lydia kümmert sich um die Schafe, Clemens stellt eine Staffelei in die Felder, legt sich in die Hängematte und raucht. Man trinkt Schorlen. Der Pyjama liegt gefaltet in einer Kommodenschublade.

Felicitas. Retreat.

Clemens betreibt dienstags und freitags einen kleinen Stand auf dem „Nowkoelln-Markt" in Berlin und dem „Handgemacht"-Markt in Schwerin. Rolf geht morgens joggen und arbeitet danach am Atelierhaus oder repariert irgendwas, zum Beispiel den Schafzaun. Tagsüber kommen und gehen Handwerker, vollenden das Pflaster im Hof, erneuern das Dach und produzieren optimistischen Lärm. Am Nachmittag verschwinden sie

und überlassen den Hof dem Sommer, den Tieren und den vier Bewohnern. An den Abenden sitzt man zusammen. Dafür ist man hier, es ist das Kernstück des Experiments. Man sammelt die Erzählungen, die Tagesreste. Man trinkt Wein oder Bier. Clemens trinkt immer, Lydia meistens, Rolf und Felicitas gelegentlich. Gekocht wird im unregelmäßigen Wechsel. Lydia meint, das sei so ähnlich wie früher, in der Wohngemeinschaft. Clemens antwortet, bei ihm in der WG habe niemand gekocht.
Sätze aus den Abenden:
Rolf: Ihr werdet es nicht glauben, aber ich habe auch in einer Studenten-WG gelebt.
Clemens: Selbständigkeit ist eine Qual, eine Art moderner Sklaverei. Alle Freizeit ist durchtränkt von dem Gedanken, dass man ja stattdessen auch arbeiten könnte.
Rolf: Ich finde es gut, dass Ihr mit einem einfachen Schwenkgrill arbeitet. Die Grillmethoden werden immer abgefahrener. Ich hatte zum Schluss einen Weber Genesis Gasgrill, falls euch das was sagt. Auf Rhodos grillen sie auch ganz einfach.
Lydia: Ich kann keine Gegenstände betrachten, ohne zu denken: Wäre das was für unser Sortiment? Immer muss ich die Dinge arrangieren. Wenn ich durch den Wald gehe, denke ich: Der Baum wäre dahinten vor der Lichtung besser platziert. Ich beneide Clemens, dass er etwas produziert, aus seinen Tiefen hervorholt. Ich stelle nur zusammen.
Rolf: Habt ihr einen Gesamtplan für das Gelände um die Weide, für die Inneneinrichtung der Ostscheune? Für die Zeiten, für die Finanzierung? Ich mein ja nur.
Lydia: Ich finde, gegen eine Buddhafigur im Garten ist nichts einzuwenden, aber sie muss glaubhaft sein. Auch ein Gartenzwerg muss irgendwo glaubhaft sein.
Rolf: Die Stadtflucht wird kommen. Kein Zweifel. Guck dir Düsseldorf an. Ich frage mich, wer das bezahlen kann. Ich könnte das nicht bezahlen.

Clemens: Einen Überwachungsstaat brauchen sie nicht mehr. Sie haben ihn uns implantiert. Man kann kein Stück Schweinesalami mehr essen, ohne ein schlechtes Gewissen zu kriegen.
Rolf: Flache Hierarchien sind von Vorteil, wenn man weiß, wer im Zweifel den Hut aufhat.
Lydia: Rolf, erzähl doch mal mehr von dem Häuschen auf Rhodos, das du gekauft hast. Zeig doch mal Fotos. Waaaas, du hast kaum Fotos? Was schwebt dir vor? Es interessiert mich brennend.
Clemens: Ich habe meine letzte Badehose acht Jahre lang benutzt. Mit der Hose habe ich mindestens zwanzig verschiedene Gewässer beschwommen. Spuren ihres Materials liegen auf dem Grund des Mondsees und des Indischen Ozeans. Aufgespannt kann man durch den Stoff hindurchsehen. Schaut mal: Ich habe den Rest der Hose über eine Fotografie unseres Haussees gespannt und das Ganze gerahmt.
Lydia: Es ist authentisch und originell, es ist Kunst.
Rolf: Es ist eine alte Badehose.
Rolf: Dieser ganze Vorsorgequatsch, die ganzen Versicherungen. Es holt einen doch ein, das Schicksal.
Lydia: Wisst Ihr, dass der Buddhismus kein Schicksal kennt? Ich könnte mir vorstellen, dass unser Unbewusstes das Schicksal bestimmt.
Felicitas: In der Psychotherapie gibt es eine Schicksalsanalyse. Das geht in diese Richtung.
Rolf: alle werden immer empfindlicher, alles ist vermint: die Sprache, das Handeln, die Sexualität. Jeder ist empört. Von Abhärtung spricht keiner mehr.

Clemens. Lichthaus.

Rolf hat gestern die Wände des Atelierhauses fertig gebaut. Er hat dafür das Wort „vollendet" benutzt, als sie gestern Abend zu viert in der Stube saßen. Er will eine kleine Führung machen, aber draußen regnet es. Ob sie auch gehört habe, dass Rolf das Wort vollendet benutzt habe, fragt Clemens Felicitas, als sie kurz in der Küche allein sind. Ja, sagt sie, es sei ein dickes Wort, aber ja nicht falsch. Eigentlich, sagt sie, habe er es ja komplett gebaut. Clemens habe das Material gesammelt, aber Rolf habe es gebaut.

Clemens war wenige Stunden zuvor vom Kunstmarkt aus Berlin zurückgekommen, hatte nur wenig verkauft. Wenn man die Standgebühren und die Benzinkosten abzog, belief sich der Gewinn auf hundertzehn Euro. Dafür hatte er einen Tag lang hinter seinem Stand gesessen, gelächelt, alles betrachten und anfassen lassen, beraten und Tipps zum Aquarellieren gegeben. Das größere Bild für achtzig Euro hatte er verkauft, weil es einer Frau hingefallen war. Der Spannrahmen war angebrochen. Die Rahmen wären aber nicht gerade stabil, hatte die gesagt und ihm missmutig das Geld gegeben. Danach hatte sie auf das Bild gestarrt, als wüsste sie nicht, ob sie es wegschmeißen oder reparieren sollte.

Hinter dem Haus, nach Osten, erhebt sich ein Hügel, ein Kame, wie Rolf weiß. Eiszeitlich sei das. Clemens ist skeptisch, er will später nachschauen. Bewachsen mit Sträuchern und einzelnen Bäumen. Ein Weg windet sich hinauf, man braucht vom Haus fünf Minuten. Das Gelände gehört noch zum Hof, die Grundstücksgrenzen verlaufen in eigenartigen Zacken, Felicitas hat eine Karte davon. Der Hügel begrenzt die nordöstliche Zacke. Am hinteren Rand des Hügels hatte Clemens die Fenster und Latten abladen lassen, das war im letzten Herbst. Im Nachbardorf hatte man ein altes Bauernhaus abgerissen

und Clemens hatte Fenster und Bretter erworben. Dann lag der Haufen mahnend da, bis jetzt, und Clemens hatte den Gästen erzählt, was er vorhatte. Rolf hatte angeboten, mit dem Bau zu beginnen, es sei gut für ihn, wenn er ein Projekt habe, auf das er sich stürzen könne.
Rolf arbeitete täglich am Atelierhaus, unterbrochen nur von Fahrten zum Baumarkt nach Ludwigslust. Abends erzählt er, wie beseelt er von der körperlichen Arbeit sei. Seine Erzählungen gipfeln in der Aussage, dass er vielleicht als Handwerksmeister ein erfüllteres Leben hätte führen können. Lydia hat ihn gebeten, etwas von seinem Management-Alltag zu erzählen. Clemens erkennt in Rolfs Bericht einzelne Sätze wieder, die schon in der Pfadfinderzeit angelegt und ausprobiert worden waren.
Der Regen wird von den Wolken davongetragen, es klart auf. Man will jetzt das Atelierhaus besichtigen. Rolf steht als Erster vom Stuhl auf und zieht sich eine Outdoorjacke an. Sie ist orange und man kann den Namen des Herstellers auf der Brust lesen.
„Ich hoffe, du bist mit allem einverstanden", sagt Rolf zu Clemens.
„Warum nicht?"
„Das Haus soll dich ja zum Malen anregen, *du* musst dich da ja wohl fühlen."
„Wirke ich auf dich unangeregt?"
„Nein, schon gut."
Das Grüppchen streift durchs regennasse Gras, man sieht eine grünbraun gesättigte Landschaft. Rolf geht ein bisschen schneller als die anderen, bleibt stehen und dreht sich um. Der Himmel lässt mit einem Blaugrau alle Möglichkeiten offen. Dann kommt das Atelier in Sicht. Als stille Überraschung steht es neben der Pappel. Die Frauen sind begeistert. Nachdem man sich sattgesehen hat, berichtet Rolf. Er benutzt die Wörter Pfahl- und Ringfundament und demonstriert, wie er mit Schnur einen

Grundstock gemauert hat. Dabei gibt er sich bescheiden. „Es braucht ein Sofa", sagt Lydia und zeigt auf die eine Längsseite des kleinen Hauses.
Clemens möchte, dass sich die Inneneinrichtung langsam aus dem Raum und dem Arbeiten darin ergibt: hier eine Lampe, dort ein Stuhl. Lydia möchte das gern mit Clemens zusammen machen.

Fuchs. Jagd.

Der Fetisch ist gewachsen, er muss genährt werden. Man muss sich um den Fetisch und den Ort hier kümmern, *ich* muss mich kümmern, denkt der Fuchs. Es braucht Blut eines toten Tieres für den Fetisch, oder es braucht ein neues Lebewesen, um den Fetisch zu laden. Er wird auf die Jagd gehen. Seine Augen sind an Dunkelheit gewöhnt, sie stellen sich weit, in Sekunden. Rattenblut weiht den Fetisch und hält andere Ratten ab, aber Ratten zu jagen ist schwer. Ratten sind in ihrem Habitat geschickter als unsereins, selbst als der Fuchs. Er könnte stattdessen ein Huhn jagen. Manche Städter haben jetzt Hühner im Hinterhof. Ein lebendes Tier, ein neues Lebewesen steigert die Kraft des Ortes. Er wird die Götter befragen.
Er nimmt seinen Platz ein, atmet und fixiert ein eingeritztes Kreuz in der Wand. Er versenkt sich und atmet. Er brummt ein Lied für den Gott des Wassers und bittet um Eingebung. Der Gott schickt ihm ein Bild unter die Augenlider: das Bild eines Schwanzlurchs. Na sowas! Das Bild ist etwas unscharf. Könnte ein Molch sein oder ein Olm oder ein Axolotl. Welchen Lurch soll er fangen? Molche gibt es viele in Tümpeln am Rande der Stadt, aber sie sind zu schwach, sie sind nur eine Verzierung der Natur. Ein Salamander wäre möglich. Sehr stark

wäre ein Riesensalamander, doch die leben nur noch in den Zuflüssen des Jangtse und für sie wäre die Nahrung hier unten zu knapp. Sie kämen hier um, wie die Krähe, deren Mumie im Kinderwagen liegt. Olme sind gut, Olme sind die Tiere für hier, denkt der Fuchs. Olme sind aquatisch und brauchen kaum Licht. Wo bekommt er einen Olm her? Sie leben im dinarischen Karst, ein paar wurden verschleppt in den Harz. Die Axolotl, auch Olme, leben in den Restgewässern des Xochimilco-Sees. Vielleicht kann man einen Olm bestellen? Er braucht einen Internetanschluss für seinen Laptop. Felicitas könnte ihm helfen, oder er geht in den Pavillon, wo er Nachhilfe in Mathematik gibt. Der Pavillon ist ein kleiner Flachbau in einem Hinterhof im südlichen Hamburg. Man geht zweimal rechts um die Ecke einer belebten Straße und plötzlich ist Ruhe: Innenhof, zwei Kastanien, ein Sandkasten und der Pavillon, eine frühere Werkstatt. Jetzt gehört er einer sozialen Organisation. Der Fuchs war dort hineingestreunt, eines Tages. Das Überraschende, Versteckte zog ihn an, es findet ihn immer.

Er betrat das Büro nach Anklopfen und blieb kurz hinter der Tür stehen. Er wusste, dass er nicht gut roch, er hatte den Geruch des Untergrundes angenommen. Bevor er zu sprechen begann, ließ er seine Arme nach vorne fallen und legte die Hände übereinander, wie ein Fußballer in der Freistoßmauer, nur mit gesenktem Kopf. Die Frau hinter dem Schreibtisch schaute ihn über ihre Lesebrille an, sie arbeitete sicher schon lange hier im Viertel und kannte die Menschen im Allgemeinen. Der Fuchs machte sein Anliegen verständlich, er sei Mathematiker und würde gern etwas Geld mit Nachhilfe verdienen. Nachhilfe in Mathematik sei sehr begehrt, sagte die Frau, und ihr Verein würde das in diesem Viertel gerne anbieten. Der Fuchs unterschrieb nach nunmehr zwei Jahren wieder einen Vertrag. Für sechs Stunden die Woche. Das reichte ihm, er brauchte ja nicht viel.

Im Pavillon gibt es gutes WLAN mit 500MBits pro Sekunde. Axolotl kann man beim Tierhändler bestellen. Es gibt sie ab zwanzig Euro, aber für den Tiertransport kommen dreißig Euro drauf, das ist viel Geld für einen Fuchs. Er stellt sich den Axolotl in der Versandbox vor. Außerdem hat der Fuchs keine Postadresse. Er muss einen Axolotl stehlen. Im Zoo gibt es keine. Aber einzelne Schulen halten Axolotl zur Anschauung, weil beim Axolotl alles nachwächst, was kaputt geht. Manche Schulen erwähnen ihren Axolotl auf ihrer Website. Ein Gymnasium im Alstertal hat einen Axolotl in einem Aquarium. Das Schulgebäude ist aus rotem Backstein, es hat eine moderne Cafeteria und eine neue Turnhalle. Die Schüler wissen nicht, wie gut es Ihnen geht. Sie träumen von einem weiteren Paar weißer Sneaker. Der Fuchs streift durch das Schulgebäude, er zieht Blicke auf sich. In einem Flur steht das Axolotl-Aquarium auf einem Alugestell. Im Wasser lungert der Axolotl. Der Fuchs stellt eine Verbindung her, er blickt in die Augen des Axolotls und der Axolotl blickt zurück, mit seinen Knopfaugen, seinem schelmischen Mund. Er spannt die Kiemenäste auf wie eine indische Göttin die Arme. Der Axolotl hat das Aquarium satt, die hämmernden Handballen an der Scheibe, die Futterpellets. Er ist einverstanden. Der Fuchs wird ihn holen.

Felicitas. Ahnen.

Felicitas arbeitet von Montag bis Mittwoch. Am Donnerstag fährt sie auf das Retreat. Nur diesmal nicht. Sie sagt, sie habe eine Fortbildung am Donnerstag. Das stimmt aber nicht. Sie geht am Donnerstag zum Kanaldeckel, sie wartet, bis kein Wagen kommt, kein Spaziergänger auf der Bank am Park sitzt, kein Neugieriger aus den Fenstern des Mietshauses schaut. Sie stampft mit dem Fuß auf den Kanaldeckel, zwei lang, zwei kurz, zwei lang, tritt zurück, der Deckel wird beiseitegeschoben, doch ein Wagen kommt, der Deckel muss zurück in die Form, Felicitas springt auf den Bürgersteig. Der zweite Versuch gelingt und sie verschwindet im Loch. Sie steigt ins Dunkel, dem Fuchs hinterher, taucht dem bekannten Geruch entgegen. Ein wenig wie feuchte Wäsche, wie Erde, wie Regen auf Asphalt, denkt sie. Unten stehen sie sich gegenüber, wie beim letzten Mal.

„Ich möchte nochmal", sagt sie, „ich möchte da weiter machen, wo ich das letzte Mal aufgehört habe", sagt sie. Sie spricht von Bildern, die sie seitdem im Kopf habe, Gesichtern von Menschen, die sie nicht kenne. Dem einer zierlichen Frau, die ihr einen Löffel entgegen streckt, einen hellgrünen Teelöffel aus Kunststoff. Dem Bild einer alten Frau im Lehnstuhl, krummnasig, faltig, verschmitzt, in farbigen Umhängen. Und dann ist da das Kind, von hinten, rennend, das, denkt sie seitdem, sie selbst sein muss, rennend durch ein Land mit staubigen Straßen, Blütenbäumen und dem Meer.

„Die Ahnen", sagt der Fuchs. Er schaut sie an.

„Die Reise ist weiter, riskanter. Ich muss auch Geld nehmen, fünfzig Euro." Er stellt den Schemel vom letzten Mal auf seine drei Beine und schiebt ihn wieder nah an den Kanal, in dem das braune Wasser vorbeizieht.

„Zwischen einer Person und ihrem Schemel gibt es keine Geheimnisse", sagt er. Sie reicht ihm das Geld.

„Haben Sie vielleicht etwas dabei von Ihren Eltern oder Großeltern? Ein Stück Stoff, einen Zahn? Auch ein Satz wäre möglich, ein häufig gesprochener Satz."

Felicitas reicht ihm die Kette mit dem Diapositiv, der Fuchs hält es vor eine Kerze. Er legt ein weißes Tuch zurecht, eine Flasche ohne Etikett, einen Eimer, einen Stock, die Trommel. Ob sie keine Angst habe. Doch, sagt sie. Er holt Mörser und Stößel und vermengt einige Blätter.

„Was ist das?"
„Mutter Natur."
Er bedeutet ihr, die Hand aufzuhalten, und schüttet ein Häuflein grüner Krümel hinein. Sie riecht daran und tippt anschließend die Zunge hinein, Geruch von Gras, Geschmack von Mangold, aber auch bitter-stumpf, wie Kurkuma. Sie kippt den Inhalt ihrer Hand in den Mund. Er stellt ein Glas Wasser auf den Boden. Zurück ist nicht mehr möglich, weiß sie. Der Fuchs zeichnet mit Kreide Zeichen auf den Boden. Felicitas ist nicht mehr von dieser Welt.
Ihr ist, als müsse sie sich neue Hände kaufen. Sie betritt ein Geschäft zusammen mit Gust. Die Tür zum Geschäft besteht aus einem dunklen Holzrahmen und einer Milchglasscheibe in der Mitte. Die Tür hat keine Klinke, keinen Knauf, keine Stange. Man drückt sie mit dem Körper auf, eine Klingel ertönt. Der Raum ist klein, eine Ladentheke aus dem gleichen Holz wie die Tür, dahinter Regale bis zur Decke mit immer gleichen Fächern, in denen graue Kartons stehen. Die Kartons sind mit arabischen und römischen Zahlen beschriftet. Zwischen den Regalen hängen dunkelgraue Vorhänge. Die Verkäuferin tritt dahinter hervor und steht nach einem großen Schritt hinter der Theke. Sie hält die Arme hinter dem Rücken. Was Sie wünschen, fragt sie. Ihr Mund bewegt sich, sonst bewegt sich nichts an ihr.
„Hände", hört sich Felicitas sagen, „zunächst neue Hände. Haben Sie welche da?"
„Natürlich", sagt die Frau. „Darf ich mal sehen?"
Felicitas streckt ihre Hände aus. Die Verkäuferin umfasst die Hände, sie selbst trägt Handschuhe aus Bienenwachs. Sie dreht Felicitas' Hände hin und her, dann kratzt und drückt sie ein wenig an Felicitas' rechtem Daumenballen herum und zieht an den Fingern.
„Ich nehme an, sie sollen seinen Händen ähnlich werden?" Sie zeigt auf Gust, der im Hintergrund steht. Auch

er muss seine Hände zeigen.
„Ja", sagt Felicitas, „es ist höchste Zeit." „Es ist nie zu spät", sagt die Verkäuferin.
Sie dreht sich um und steigt auf einen grauen Rollhocker, der sich senkt und stabilisiert, wenn man darauf steigt. Ein Profil auf seiner Oberfläche sorgt dafür, dass man nicht abrutscht. Die Frau trägt Kompressionsstrümpfe in einem dunklen Gelb, Sandalen und einen Kittel. Die Taille ist mit einer Kordel umschnürt. Als sie auf dem Hocker steht, wirft sie über die Schulter einen erneuten Blick auf die Hände von Gust, die dieser noch immer nach vorn hält, wie ein Schüler, der Stockschläge erwartet.
Daraufhin greift sie sich einen Karton, dann noch einen zweiten und steigt vom Hocker.
„Hier", sagt sie und öffnet den Deckel des ersten Kartons, schlägt das Seidenpapier zu Seite.
„Kann man den Ring abmachen?", fragt Felicitas.
„Notfalls sägen wir den auf", sagt die Frau.
„Kann ich die anderen auch sehen?"
Die Frau öffnet den zweiten Karton. Ihre Augen springen hin und her. „Ich weiß", sagt die Frau, „wären es Schuhe, man würde sie probieren."
„Die da", sagt Felicitas und zeigt auf das zweite Paar.
„Eine gute Wahl", sagt die Frau, „ich kannte den Besitzer. Wollen Sie sie gleich mitnehmen?"
Sie nickt. Dann schaut sie erneut zu Gust.
„Wollen Sie vielleicht noch eine Nase? Kommt billiger, wenn Sie`s zusammen nehmen."
„Nein, ich warte erstmal. Vielleicht reicht es schon."
„Na, dann kommen Sie", sagt die Frau, hält mit dem linken Arm den Karton umarmt und mit der rechten den Vorhang auf.
Felicitas erwacht in der Hängematte. Sie friert. Sie besieht sich ihre Hände und legt sie über das Gesicht. Der Fuchs steht auf und bringt ihr eine Decke.

Fuchs. Axolotl.

Der Fuchs schleicht am frühen Abend in die Schule, in deren zweitem Stockwerk der Axolotl lebt. Er hat sich seinen Zollstock in die Hose gesteckt und hat einen Eimer und eine Taschenlampe bei sich. Auf dem Kopf trägt er eine weiße Baskenmütze mit Farbspritzern, die er aus einer Kleidersammlung gefischt hat. Das soll ein Handwerkerkostüm sein, aber der Fuchs kann sich schlecht verstellen. Was soll er antworten, wenn er gefragt wird, was er hier macht? Was für ein Handwerker soll das denn sein? Er darf kein Aufsehen erregen. Aber der Fuchs ist flink, macht keinen Wind, hinterlässt keine Spuren.

In der Schule ist es stiller als beim letzten Mal, nur vereinzelt dringen Stimmen in die leeren Gänge. Aus einem Zimmer klagt eine Geige, jemand übt die gleiche Stelle, immer und immer wieder. Trommeln sollen sie lernen, denkt der Fuchs. Der Fuchs geht auf die Toilette im ersten Stock, das ist ein sicherer Ort, er schließt sich ein. Er hat eine Gurke und Walnüsse dabei, die Gurke isst er zuerst. Die Walnüsse beißt er auf. Das automatische Toilettenlicht ist erloschen. Das Aufbrechen der Nussschalen hallt im Dunkeln, die Kacheln kennen dieses Geräusch noch nicht.

Als er alle Nüsse gekaut hat und seine Zunge keine Reste zwischen seinen Zähnen mehr findet, steht er auf, entsorgt die Schalen und betritt den Flur. Er horcht. Schöne Stille. In einem Klassenzimmer brennt noch Licht, man sieht es durch die Scheibe über der Tür. Der Fuchs hält sein Ohr an Tür. Füchse hören zwanzigmal besser als Menschen. Sie können Frequenzen bis 65 kHz wahrnehmen. Nichts rührt sich im Raum. Die Tür ist abgeschlossen. Er schnellt über den Gang die Treppe hinauf zum Ort des Axolotls und leuchtet mit der Lampe in das schwebende Dickicht des Aquariums. Das freundliche Gesicht des Querzahnmolchs hat ihn an der Rückscheibe erwartet. Der Fuchs löst die Abdeckung des Aquariums. Er taucht den Rand des Eimers unter Wasser, um ihn zu füllen, als ein Geräusch zu ihm heraufdrängt. Eine Tür wird aufgeschlossen. Der Fuchs hält inne. Schwere Schritte steigen zu ihm hinauf, ein Treppenmetronom. Der Fuchs legt die Abdeckung zurück auf das Aquarium und versucht, einen Klassenraum zu betreten, aber auch diese Tür ist abgeschlossen, leise drückt er Klinke um Klinke, keine Tür lässt sich öffnen. Eine Toilette ist auf diesem Flur nicht zu sehen. Wo könnte er hin? Könnte er in das Aquarium zum Axolotl steigen? Der Fuchs ist biegsam, aber selbst, wenn er passte, das Wasser würde übertreten. Die Schritte verhallen, der Treppensteiger scheint ein Stockwerk tiefer abgebogen zu sein, vielleicht will er das Licht löschen, vielleicht geht er in Ruhe aufs Klo. Aber vielleicht wird er Stockwerk um Stockwerk absuchen. Der Fuchs macht sich eilig an die Arbeit, füllt den Eimer halbvoll, rupft ein paar Pflanzen aus. Dann hält er die Hand auf, unter Wasser, bis er ein Stupsen fühlt, ein Kitzeln in der Handinnenfläche. Er formt die Hand zu einer kleinen Schüssel, hebt den Axolotl an und lässt ihn in den Eimer gleiten. Er befestigt die Abdeckung des Aquariums und eilt zum Treppenhaus wie ein vielbeschäftigter Kellner mit wertvoller Last. Seine Füße nehmen die Treppenstufen mit Minimalbewegungen, im Hochparterre biegt er um die Ecke und steigt die wenigen Stufen hinunter zum Haupteingang. Der ist verschlossen. Er hätte sich das denken müssen, er hätte vorausschauend die Nebeneingänge und ihre Schließzeiten studieren müssen. Er ist unzufrieden mit sich, aber er weiß, dass das die Gedanken lähmt. Er sucht den Gang im Hochparterre ab, findet nur einen verschlossenen Durchgang zur Cafeteria und wieder eine Toilette. Er könnte bis morgen früh abwarten. Dann wird er aber

zwischen Lehrern und Schülern mit dem Axolotl-Eimer hindurch müssen.
Der Toilettenraum hat ein Fenster, schräg über dem Waschbecken, das sich öffnen lässt. Ob er dort hindurchpasst? Kann er den Eimer irgendwie abseilen? Soll er mit den Armen zuerst oder mit den Füßen zuerst durch das Fenster, damit er nicht so tief fällt? Aber bleibt er dann mit den Schultern hängen wie bei einer Fußlage des Kindes bei Geburt? Er vermisst mit dem Zollstock seine Schultern, sein Becken und das Fenster. Er und der Axolotl tauschen einen Blick, dann steigt er auf das Waschbecken und postiert den Eimer ebendort. Dann geht er in eine Art Handstand auf dem Waschbecken, krabbelt mit den Füßen ein paar Schrittchen die Wand hinauf zum Fenster, steckt ein Bein durch das Fenster, dann das zweite, seine rechte Hand greift den Eimer, die linke stützt ihn ab und schiebt ihn bis zum Kipppunkt durch die Öffnung. Die Beine in der Luft an der äußeren Schulmauer, hält er sich mit der linken Hand am Fensterrahmen, der rechte Arm hebt den kleinen Eimer durch das Fenster, dann springt er ab, landet auf den Füßen, dann auf dem Steiß, liegt auf dem Rücken, Wasser schwappt über ihn und der Axolotl landet auf seinem Bauch. Er muss lachen und der Axolotl auch. Was für einen Spaß sie zusammen haben! Etwas Pfützenwasser und Steinchen schaffen im Eimer wieder ein Reisehabitat für den Axolotl. Die endgültige Flucht gelingt über den angrenzenden Sportplatz. Dreißig Minuten später schließt ein Mann einer Security-Firma ein offenes Toilettenfenster in einer Schule.

Rolf. Fuchsfang.

Die Freunde sitzen in der Küche. Clemens falsch herum auf dem Stuhl, die Arme auf die Lehne gestützt. Rolf serviert den Wildkräutersalat, den Lydia gemacht hat.
Clemens: „Wir haben einen Anlass, einen großartigen Ort, gutes Essen und Musiker für das Fest. Es ist fast vollkommen. Aber auf dem Höhepunkt bräuchte es noch was, ein Topping, etwas Überdauerndes, echte Kunst eben."
Lydia: „Ein Feuerwerk, vielleicht. Einen Zauberer. Etwas aus einer anderen Welt, zum Staunen."
Rolf: „Vielleicht eine Preisverleihung. An Felicitas Vater zum Beispiel."
Lydia: „Felicitas hat gesagt, er wird eher nicht kommen."
Clemens: „Wir brauchen etwas Magisches, eine Performance zum Beispiel."
Rolf: „Was ist mit dem Fuchs? Mit dem Vodoo-Mann?"
Clemens: „Wir könnten ihn aufsuchen und fragen. Es klang bei Feli so, als könnte er Geld gebrauchen."
Lydia: „Wir müssen sie erst fragen, wenn sie morgen kommt."
Clemens: „Wir können ja den Fuchs selbst fragen. Ich würde mir ohnehin gern den Mann ansehen, der meine Freundin verwirrt. Rolf, wollen wir ihn besuchen?"
Rolf: „Wir können ja sehen, ob er aus dem Kanaldeckel kommt. In die Kanalisation steigen möchte ich ungern."
Clemens: „Deal."
Rolf zieht sich eine ältere Hose an. Clemens sucht auf Google Maps die Straße, auf der Felicitas den Einstieg in die Welt des Fuchses gefunden hatte.
Der Kanaldeckel liegt in einer Seitenstraße in Barmbek – Nord. Sie umstehen ihn für fünf Minuten. Rolf hat Arbeitshandschuhe, ein Fernglas und eine Zange dabei. Sie können den Deckel nicht anheben. Clemens klopft auf den Deckel und ruft „Hallo". Eine alte Frau bleibt auf

dem Gehweg stehen und schaut ihnen zu.
Ein kleiner Park liegt in Sichtweite. Clemens hat eine Decke dabei, sie kaufen sich Brezeln und Bier und legen sich auf die Lauer, sind wieder Pfadfinder, es ist Sommer, es ist ein Spaß. Sie teilen einen Wachdienst ein, reden und trinken. Sie wollen das zwölf Stunden durchhalten, mindestens bis heute Nacht. Aber vielleicht bleibt der Kerl tagelang dort unten. Vielleicht nutzt er zwanzig verschiedene Ausgänge. Vielleicht hat Felicitas sie in die Irre geführt. Nach zwei Stunden nähert sich ein drahtiger Mann im Pullover. Er trägt einen Eimer und sieht sich um. Der Eimer scheint gefüllt, der Mann schaut und spricht auch hinein. Da ist etwas drin, etwas Wichtiges, etwas Lebendiges, denkt Rolf. Beide Männer liegen jetzt mit dem Bauch auf der Decke, das Fernglas wechselt zwischen ihnen hin und her. Der beobachtete Mann stellt den Eimer auf dem Bürgersteig ab.
„Er visiert den Kanaldeckel an", sagt Clemens.
Er reicht Rolf das Fernglas. Sie stehen auf, lassen die Decke liegen und gehen schnellen Schrittes auf den Mann zu. Der sieht sie sofort, blickt nach rechts und links, nimmt den Eimer, geht vier Schritte rückwärts, dreht ab, Rolf ruft, sie hätten nur eine Frage, er solle warten, bitte, nur eine kurze Frage. Er stockt, sie kommen näher, sprechen auf ihn ein wie auf ein scheues Tier. Der Fuchs dreht sich wieder um, sie stehen sich gegenüber. Clemens stellt sie vor. Der Fuchs trägt in der Rechten den Eimer, Clemens eine Bierdose, keiner reicht die Hand.
„Wir sind Freunde von Felicitas. Sie sind, nehmen wir an, der Fuchs?" Ein Nicken, der Rest des Körpers gespannt. Clemens übernimmt, erklärt, schmeichelt. Was Felicitas erzählt hat, dass er ein Künstler, ein Schamane sei und dass sie ein Fest ausrichteten, ein großes Einweihungsfest auf Felicitas` Hof. Ihnen fehle aber die Krönung des Ganzen, ein unvergesslicher Akt, etwas Spirituell-Künstlerisches. Und da sei er, fänden sie, genau der

Richtige, nach allem, was sie wüssten. Ob er, gegen Gage natürlich, eine Freude und Ehre undsoweiter. Und ob sie wissen dürften, was in dem Eimer sei.
Der Fuchs bittet sie nicht hinein, nicht hinunter. Er besieht sie, macht einen schmalen Mund. Er könne sich das vorstellen, wolle sich den Ort einmal ansehen. Der Ort wird genannt und der Fuchs prägt ihn sich ein, indem er den Namen mehrfach murmelnd wiederholt. Und dann sagt er, dass in dem Eimer ein Lebewesen sei, um das er sich jetzt kümmern müsse. Ob sie bitte von seiner Haustür heruntertreten könnten.

Felicitas. Fleisch.

Es wird gegrillt. Die Männer legen Fleisch auf den Grill, die Frauen Gemüse.
„Warum legen Frauen Gemüse auf den Grill und Männer Fleisch? Was sind das für Muster?", fragt Felicitas.
Rolf sagt: „Fleisch ist gefühlte Ursprünglichkeit."
Clemens kaut schon. „Manche Frauen müssen wieder lernen, zu spüren, was ihr Körper eigentlich will", sagt er.
„Fleisch essen ist wie Verbrennungsmotor fahren", sagt Lydia, „Ich bin seit drei Jahren Veganerin. Mein Hund ist es und mein Sohn neuerdings auch."
Clemens sagt: „Zum Fest wird es Spanferkel geben. Ich hab mit Bauer Hessling gesprochen. Ein freilebendes Schwein. Glücklich bis zuletzt."
„Lasst uns essen", sagt Rolf.
„Ich möchte euch vorher noch was zeigen", sagt Lydia. Sie bittet alle, ihr zu folgen.
„Stellt euch vor, ihr tretet barfuß in Pferdeäpfel. Ist erträglich, der Gedanke, oder? Wenn ihr euch jetzt vorstellt, ihr tretet barfuß in einen Haufen eines konventionell gefütterten Hundes, dann ist das was anderes: klebrig,

stinkend, unnatürlich. Genauso wie Kuhfladen versus Schweinehaufen, Hasenköddel gegen Waschbärkot."
Lydia zeigt auf einen Hundehaufen, den Chagall auf einem Grasstreifen vor dem Haus hinterlassen hat. Es sieht anders aus als konventionelle Hundescheiße, heller, flockiger. Ein veganes Statement.
„Ich möchte da trotzdem nicht barfuß reintreten", sagt Rolf.
„Machst du den nicht weg?", fragt Felicitas.
„Hier auf dem Land? Ein veganes Häufchen? Pferdeäpfel werden doch auch nicht beseitigt."
„In Berlin", sagt Clemens, „wissen sie nicht mehr, wohin mit der ganzen Hundescheiße. Die Leute können nicht mehr auf ihr Handy gucken, weil sie die ganze Zeit auf die Straße schauen müssen."
„Es gibt eine Warn-App dafür", sagt Felicitas.
„Könntest du dazu nicht eine Performance machen?", sagt Lydia an Clemens gewandt.
„Einen Riesenhaufen Hundescheiße aufschütten?", fragt er.
„Einfach Vergolden", sagt Rolf, „und kleine Fähnchen reinstecken. Ganz Neukölln voller goldener Hundehaufen. Was vorher verdrängt wurde, tritt jetzt ins Bewusstsein. Scheiße wird Gold: ein alchemistischer Akt."
Man setzt sich zu Tisch. Clemens macht ein paar Skizzen. Sie trinken Wein. Lydia bietet Clemens ein Stück Aubergine direkt von der Gabel an und er schnappt zu und knurrt wie ein Hund.
Sie betrinken sich. Der Alkohol verlängert die Blicke. Rolf zu Lydia, Lydia zu Clemens. Felicitas zum Hund.
„Hunde sind Allesfresser", sagt sie.
„Hunde sind Fleischfresser", sagt Clemens.
„Hunde sind Veganer", sagt Lydia.
„Lasst es uns ausprobieren", sagt Rolf.

Hund. Gemüse.

Die Menschen beugen sich runter zu mir, wiederholen meinen Namen, den ich doch kenn`. Sie klopfen sich die stoffumstülpten Schenkel. Bedeutet Unsinn, Mensch macht Unsinn. Treiben mich vom Korb in den Hof. Immer macht er was, immer will er was, der Mensch. Trete zwinkernd ins Licht: in den Ohren Zischwinde, Spatzenspaß, Motorbrumm, Baumrindenquietschen. In den Nasen: Schafstincke, Ulmenqualm, Feuchtnuss. Aber ober-über allem: stückiges Rindgrill über der Glut mit Schwaden von Furan, Ranze, Lipese. Speichel läuft mir. Wenn ich sabbere, lassen sie die Finger von mir, außer Lydia. Ich muss sitzen, sie bereiten Unsinn vor. Metall, Möhre, Schwarte, Butterfrucht. Sie stellen zwei Schüsseln auf, Entfernung je acht Längen, Nord-Nord-West und Nord-Nord-Ost. Lachen. Ich soll wohl wählen. Bin mürrisch, gucke deppert-süß, verführerisches Zungenspiel in Rosa. Rührung der Menschen in Kopfschieflage. Beide Schüsseln voller Nahrung – übersättigt wie sie. Was wisst ihr von mir? Sie machen sich einen Spaß, Lydia will mich an Birne, Spinat und Kohlrabi, die Männer am Fleisch. Ich hol mir später beides aus der Tonne vorm Haus. Doch aus der Mitte, zwanzig Längen, kommt mächtiger Waber: Teer, Nasspapp, Ambra, Bitterorange: ein Mann, ein wahrer Meister. Dort muss ich hin.

Felicitas. Fuchs.

Der Hund trabt geradeaus, zwischen den Schüsseln hindurch, und visiert die Ecke der Westscheune an. Weil dort jemand steht. Dort steht ein Mann im Halbdunkeln, der den Hund empfängt. Ein dünner Mann. Felicitas

erkennt ihn schon. Clemens steht von seinem Stuhl auf.
„Hallo", ruft er in Richtung des Mannes.
Der Mann murmelt etwas, vielleicht zu den Bewohnern, vielleicht zum Hund, der sich vor dem Mann hinlegt und seinen Bauch anbietet. Der Mann steigt über den Hund und bewegt sich auf die Sommergäste zu. Es ist der Fuchs.
„Was für eine Überraschung!", sagt Rolf. „Eine gute?", fragt der Fuchs.
Er tritt an den Tisch. Er trägt einen braunen Anorak und eine schwarze Kappe. Er hat zwei Stoffbeutel in der Hand. Seine Hände sind schmutzig.
„Kann ich mir die Hände waschen?", fragt er.
Alle nicken. Felicitas sieht den Fuchs an und dessen Hände, Lydia nimmt sich seiner an.
„Ich zeig Ihnen, wo das Bad ist", sagt sie.
Er braucht lang im Bad, denkt man. Keiner spricht. Der Fuchs tritt wieder auf die Terrasse. Ganz sauber sind die Hände nicht.
„Ich möchte Sie nicht stören, aber ich will den Ort für ein mögliches Ritual inspizieren."
Lydia konstatiert, dass sie sich das gut vorstellen könne, so ein Ritual brauche sicherlich genaue Vorbereitung. Sie fände das sehr interessant, was er da wohl so mache. Felicitas bietet Getränke und Gegrilltes an, der Fuchs nimmt Wasser und schaut einen Moment auf Fleisch und Grillgemüse. Er sitzt unruhig und fragt, ob er sich jetzt auf dem Gelände umsehen dürfe, bevor es ganz dunkel sei. Begleitung sei nicht nötig.
Der Fuchs lässt seine Beutel auf dem herbeigebrachten Stuhl liegen, nickt kurz in die Runde und geht Richtung Ostscheune. Der Hund liegt immer noch auf dem Rücken. Aber als der Fuchs über ihn steigt, springt das Tier auf und folgt ihm, mit der Schnauze eng die links herunterhängende Hand umspielend. Die beiden treten hinter der Ostscheune ab.

Lydia spricht als Erste: „Wo kommt er her, wo geht er hin? Er ist unheimlich. Will er hier übernachten?"
Felicitas findet das unbedenklich. Allerdings wisse sie nicht, wo er übernachten solle. Vielleicht auf der Couch im Wohnzimmer?
„Kann man um diese Uhrzeit schlecht wegschicken", sagt Rolf.
Man isst und hängt dem Gedanken an den Fuchs nach. Die Köpfe der Essenden heben sich gelegentlich in Richtung der Scheunen. Da tauchen sie wieder auf: Chagall neben dem Fuchs. Der Hund eng an seiner Seite, den Kopf zu seinem neuen Herren gedreht.
„Dort hinten sind ungewöhnliche Schafe", sagt der Fuchs, als sie am Tisch angelangt sind. Clemens weist auf einen Stuhl. Der Fuchs setzt sich im Schneidersitz. So saß er auch in der Höhle, denkt Felicitas. Rolf antwortet, dass das Quessantschafe seien. Der Fuchs möchte jetzt doch etwas essen. Er nimmt per Hand ein Stück Fleisch vom Grill und reißt Chagall ein Stück davon ab. Der Hund verschlingt es hastig. Lydia schweigt. Der Fuchs bedankt sich, nein, ein Schlafplatz im Haus sei nicht nötig, aber wenn er sich in die westliche Scheune legen dürfe, das sei ein guter Platz für ihn. Er verabschiedet sich: „Ich werde an Ihrem Fest etwas machen können. Was genau, kann ich noch nicht sagen, aber ich hoffe, es wird für Ihre Gäste ein besonderes Erlebnis, so wie Sie sich das wünschen."
Rolf fragt, ob man vorher noch das Finanzielle klären wolle.
„Wir werden ja anschließend Zeit genug haben", erwidert der Fuchs. Er verabschiedet sich und macht eine Handbewegung für den Hund, dass er hierbleiben solle.

Clemens. Gold.

Clemens denkt an die Performance. Er stellt sich vor, wie er Interviews gibt, formuliert Zeitungsüberschriften. Gibt es etwas Besseres, als mit Humor Missstände aufzuzeigen? Ist es nicht genau das, was wir, gerade wir Deutschen, brauchen? Hat sich je ein Künstler mit echter Kacke befasst?
„Glaub schon", sagt Felicitas, „Piero Manzoni mit Künstlerscheiße in Dosen zu Beispiel."
„Die Punks haben in Berlin Lollis da reingesteckt", sagt Lydia.
„Die Punks hatten halt gerade ein paar Lollis und da waren die Haufen", sagt Clemens.
Er recherchiert über das Berliner Hundekotproblem. Dreihundertdreiunddreißigtausend Hundehaufen jährlich in Berlin, das seien fünfundfünfzig Tonnen. Wolfenbüttel liegt bei vier. Es gab einen „Bello-Dialog" mit den Hundebesitzern, es hat nichts genützt, es braucht etwas anderes.
Wenn Clemens die Hundehaufen golden ansprühen und präparieren will, sind sie nicht mehr kompostierbar, er muss sie daher anschließend abräumen. Er braucht dafür Hilfe. Wer würde ihm helfen? Rolf hebt abwehrend die Hände. Lydia wäre dabei.
„Obwohl mir, ehrlich gesagt, lieber ist, wäre, wenn du malst", sagt sie.
Clemens könnte die eritreischen Besucher aus dem Asylantenheim fragen, sie könnten sich ein bisschen was verdienen.
Clemens hat zehn große Spraydosen Goldfarbe besorgt. Er experimentiert mit Chagalls Haufen. Lydia unterstützt ihn, man sieht sie neben den Hinterlassenschaften des Hundes knien und diskutieren. Chagalls Haufen sind nicht so fest wie klassische Hundehaufen.
„Man könnte sie schockgefrieren", sagt Rolf.

Clemens besorgt verschiedene Kältesprays. Er beobachtet Chagall. Wenn immer Chagall sich im Kreis dreht und sich dann unter irritierender Wahrung des Blickkontakts niederkniet, in diese jämmerliche, unbalancierte Stellung, folgt ihm Clemens mit zwei Spraydosen.
„Wusstet ihr, dass sich Hunde bei der Defäkation an der Nord-Südachse ausrichten?", fragt Rolf.
Die Kältesprays funktionieren gut, die Konsistenz ist im Anschluss an die Kältebehandlung ideal. Die Goldfarbe hält nach dem Schockgefrieren etwas schlechter, aber ausreichend. Clemens experimentiert mit unterschiedlich großen Fähnchen und kleinen Fahnenmasten. Er optimiert die Länge der zahnstocherdicken
Masten auf fünfzehn Zentimeter, die Fahne selbst ist aus Goldpapier, zehn mal acht Zentimeter. Sie sind aus mehreren hundert Metern Entfernung sichtbar. Er ist guter Dinge, er pfeift und bewegt sich tänzelnd über den Hof. Er diskutiert mit den anderen die Aufschrift für die Fähnchen. Man einigt sich auf „Shit Happens?" Mit Fragezeichen. Er findet, dass die anderen nicht so engagiert bei der Sache sind.
„Ich will das Ganze aber nicht nur als Aktion gegen Hundedreck verstanden wissen", sagt Clemens.
„Sondern?", fragt Rolf.
„Als Akt der Transformation. Etwas, was negiert oder verdrängt war, wird herausgeputzt, veredelt, sichtbar gemacht."
„Aha", sagt Rolf.
„Wird jemand von der Presse kommen?", fragt Felicitas.
Clemens hat einen Ullrich Wendtmeier der Neukölln-Nachrichten angerufen. Er kennt ihn von einer Vernissage. Wenn mal was sei, hatte der gesagt, solle Clemens einfach anrufen, das war vor zwei Jahren. Clemens pflegt diese Adressen. Er hat ihn direkt am Telefon. Clemens nennt seinen Namen und legt gleich

los, erklärt das Projekt, gestikuliert mit der freien Hand. Und wenn er von den Hundehaufen spricht, beschreibt er mit dem Zeigefinger einen Kringel. Es herrscht einen Moment Stille, als alles aus Clemens heraus ist.
„Ja, ich erinnere mich", sagt Wendtmeier, „eigentlich hast du doch Aquarelle gemacht, damals, oder? Und jetzt Hundehaufen vergolden, habe ich das richtig verstanden?"
„Genau. Ist eine Sonderaktion, Performance."
„Ich bespreche das mal hier. Ist ja auf alle Fälle neu. Und passt nach Neukölln. Nummer habe ich jetzt ja, melde mich. Könnte auch einem bestimmten Stadtverordneten gefallen. Werd` mich ein bisschen umhören, in Ordnung?"
Nach zwei Tagen meldet sich ein Mann am Telefon. Er nennt sich „Prinz Mahlzeit" und sei Performance Artist, die Telefonnummer habe er von Wendtmeier. Er findet die ganze Idee fantastisch, Neukölln sei seine Küchenschublade. Dabei berlinert er, er sagt „Untastützung" und „für umme."
Clemens denkt, als er schließlich auflegt, dass es gut ist. Dass etwas in Bewegung kommt. Durch das Fenster sieht er, wie Chagall im Garten an einem goldenen Hundehaufen schnuppert.

Taxifahrer. Ludwigslust.

Der Taxifahrer hat den Alten nicht kommen sehen. Das ist ungewöhnlich, eigentlich sieht man sie an diesem Platz immer: Sie kommen aus der Glastür des Pflegeheims und brauchen für die zwanzig Meter sehr lange. Man kann das beschleunigen, indem man ihnen entgegengeht. Es ist ungewohnt spät für eine Fahrt eines Heimbewohners, es dämmert schon. Der Fahrer hat nichts gegen die alten

Fahrgäste, sie wollen zum Arzt oder zu den Kindern, sind langsam, aber dankbar und geben mehr Trinkgeld, besonders, wenn man ihnen zur Hand geht. Und nie kotzen sie die Sitze voll.
Der Alte steht an der Beifahrertür und hält sich am Türrahmen fest.
„Können Sie mit dem Rollator helfen?", fragt er und zeigt mit einem verbogenen Zeigefinger auf den Gehwagen.
„Kann man zusammenlegen", sagt er.
„Ich weiß", sagt der Fahrer, der jetzt aus seinem Taxi steigt.
Im Kofferraum schiebt er den Kindersitz beiseite und legt den gefalteten Rollator und den Koffer des Alten daneben. Der Greis hat sich auf den Beifahrersitz gesetzt. Der ist verwirrt.
„Den Koffer bitte hier zu mir", ruft der Alte.
„Wohin soll's gehen?", fragt der Taxifahrer, als sie nebeneinandersitzen.
„Es wird etwas komplizierter", sagt der Alte, „ich möchte zum Bahnhof nach Ludwigslust. Und dort möchte ich Sie um einen Gefallen bitten."
„So?"
„Ich möchte diesen Koffer dort in ein Schließfach einschließen. Dafür werde ich Hilfe brauchen. Dann fahren wir zurück. Und am Samstag möchte ich nach Lindow gefahren werden. Dort brauche ich wieder etwas Hilfe."
„Ist das was Kriminelles? Was Kriminelles mach ich nicht mit", sagt der Taxifahrer und schiebt das Kinn trotzig nach vorn.
„Das liegt mir völlig fern. Gust Unbehauen ist mein Name, ich wohne da im Westflügel," er zeigt auf das Pflegeheim, „Sie können sich über mich erkundigen: nur beste Referenzen."
Der Fahrer brummt und startet den Motor. Der ist verrückt. In Ludwigslust hält er an und nimmt den Koffer entgegen.

„Möchten Sie mitkommen?“, fragt er.
„Nein, ich vertraue Ihnen“, sagt Gust. Er überreicht dem Fahrer einen Briefumschlag mit Ein- und Zwei-Euro-Münzen.
„Mieten Sie es so lange wie möglich. Es müsste für zweiundsiebzig Stunden möglich sein. Den Rest können Sie behalten.“
Der Taxifahrer ist jetzt ein Bote, das passt ihm nicht. Er steigt mit dem fremden Koffer die Treppen zum Bahnhof hoch, hält inne und betrachtet den Koffer, hält ihn ans Ohr und schüttelt. Dann verschwindet er im Bahnhofsgebäude.
Als er zurückkommt, übergibt er einen Schlüssel an Gust. „Nummer fünf“, sagt er und wendet den Wagen. Gust gibt ihm ein Trinkgeld von fünfzig Euro. Als er dem Alten den Rollator aus dem Kofferraum hebt, sagt er: „Also am Samstag nach Lindow? Abends um Acht, sind Sie sicher?“
„Ja“, sagt Gust, „vollkommen sicher.“
Der Taxifahrer beobachtet im Rückspiegel, wie der alte Mann am Gehwagen wieder auf den Eingang des Pflegeheims zu wackelt und im Inneren des Heims verschwindet. Und dann starrt er noch weiter in den Rückspiegel, bis der Gedanke, was der Alte im Schilde führt, auch verschwindet.

Clemens. Performance.

Die Performance findet an einem Samstag statt. Clemens wird eine Unterstützung der Bezirksverordnetenversammlung Neukölln in Höhe von zweitausend Euro bekommen. Es gebe, so Wendtmeier, noch Unstimmigkeiten, ob das Geld dem Umwelt- oder dem Kulturbudget entnommen werden soll.

Clemens wird mit seinem alten Wagen vorausfahren. Er lädt auch das Bild ein, das Lydia so gefallen hat und das sie kaufen möchte. Rolf, Lydia und Chagall werden in Rolfs Wagen fahren. Für Chagall breitet Rolf eine Decke im Kofferraum aus. Felicitas bleibt auf dem Hof, Tischler und Maurer kommen heute zu einer Besprechung über die weitere Renovierung der Ostscheune.

Ob die Sitze aus Leder seien, fragt Lydia. „Ja", sagt Rolf, „angenehm, nicht wahr?"

Lydia lässt die Hand langsam über den Sitz gleiten. Erst die Handinnenfläche, dann den Handrücken. Fühle sich sehr gut an, sagt sie. Rolf macht ihr ein Kompliment über ihr Kleid. Sie bedankt sich. Rolf sagt, dass Komplimente so selten geworden seien, weil man ständig Angst haben müsse, dass sie missverstanden würden.

„Ich finde sie gar nicht so selten", sagt Lydia.

„Woran das wohl liegt", sagt Rolf.

Dann hören sie Musik im Auto. Lydia darf ihr Smartphone verbinden und aussuchen. Bossa-Nova in Brandenburg.

Prinz Mahlzeit ist schon vor Ort. Er berichtet, dass heute nur wenige Hundehaufen auf der Sonnenallee lägen, er wisse gar nicht, was los sei. Man müsse das Terrain ausweiten. Man beschließt, alles um den Hermannplatz abzusuchen, Teile der Karl-Marx-Straße, Sonnenallee und Weserstraße. Rolf verabschiedet sich ins Museum.

Im Gebiet finden sich nun sieben Hundehaufen. Lydia sagt, sie versuche mal, Chagall zu überzeugen, einen Haufen hier am Hermannplatz zu machen. Prinz Mahlzeit spricht Hundebesitzer gezielt an, ob sie, beziehungsweise ihr Hund für die Kunst, also quasi für einen guten Zweck, heute mal einen Haufen undsoweiter. Das Ganze würde vom Senat gefördert. So kommt man auf zwölf Haufen rund um den Hermannplatz. Der Besitzer einer Deutschen Dogge lässt sich für den zugegebenermaßen prächtigen Beitrag seines Hundes einen Zehner zahlen. Als Prinz Mahlzeit und Clemens beginnen, die Haufen mit den

Spraydosen zu bearbeiten, ist Wendtmeier da, zudem ein Journalist von der BZ und ein Reporter eines lokalen Radiosenders. Clemens und Prinz Mahlzeit werden fotografiert mit Gummihandschuhen und Spraydosen, im Vordergrund eine ihrer Skulpturen. Clemens sagt, das Ganze bewege sich zwischen sozialer Plastik, Land-Art, Arte Povera und Surrealismus. Und dann spricht Prinz Mahlzeit. Die Werke verweigerten sich einem einfachen Zugriff, weil sie im Spannungsfeld zwischen abstoßend (Scheiße) und anziehend (Gold) oszillierten. Die Wahrnehmung des vermeintlich Bekannten (Hundehaufen), werde gezielt irritiert und gebrochen, so entstünde Provokation, aber eben auch Poesie, durch das Unauflösbare. Weitere evozierte Begriffspaare wären einerseits das Innere (Notdurft) andererseits das Äußere (Vergoldung). Bei beiden Verwandlungsprozessen, der Schockgefrierung und der Vergoldung handele es sich letztlich um einen Tabubruch, um eine politische gewollte Sichtbarmachung. Eine solche Art der Konservierung und Hervorhebung gewähre man sonst schließlich nur wertvollen Gegenständen. Diese Hervorhebung wiederum stehe im Widerspruch zu der damit erreichten Art der Verhüllung und Verdeckung. Die Masse der Exkremente einerseits stehe der individuellen Formung des Hundehaufens entgegen. Man müsse gestehen, dass dem Einzelobjekt eine gewisse Formvollendung und Ästhetik und damit, ja, etwas quasi Göttliches innewohne. Die sei a priori ein Aufruf zur Wahrnehmung der Alltagsästhetik.
Einen Katalog, nein, einen Katalog habe man bisher nicht geplant.
Für die Pressefotos taucht ein Herr Dr. Frömms aus der Neuköllner Politik auf, der betont, für die Gewährung der Förderung im Rahmen des Verbundes „Saubere City" plädiert zu haben. Es werden Fotos der drei Männer und Fotos zu viert gemacht, mit dem Hund.

Rolf fährt schon zurück auf den Hof, Lydia will später mit Clemens nachkommen.

Clemens. Lydia.

Prinz Mahlzeit sagt, das Kunstwerk solle noch eine Weile nachwirken, es sei gar nicht sinnvoll, jetzt die Haufen wegzuschaufeln. Holz und Papier der Fähnchen wären ohnehin kompostierbar, wie die Haufen selbst. Nur ein kleiner goldener Farbrest auf dem Gehsteig, ein Schimmer, würde an die Aktion erinnern. Das sei doch schön, oder?
Sie stehen im Kreis um den schönsten Haufen. Die Passanten sehen auf die Gruppe und dann irritiert auf die goldene Mitte. Ein paar Jugendliche machen Fotos von den Haufen. Ein Hundebesitzer zieht seinen Hund weiter. Clemens lädt ihn zur Eröffnung des Retreats ein und den Politiker Dr. Frömms auch und alle, die gerade so herumstehen. Für ein Foto legt Clemens den rechten Arm um Prinz Mahlzeit und den linken um Lydia. Er lässt nach dem Foto den linken Arm einen Moment länger liegen. Dann zerstreuen sich alle. Die Handschuhe, Holzreste und zwei übrig gebliebene Spraydosen kommen in Clemens Wagen. Chagall springt auf die Rückbank.
„Ich habe dein Bild dabei. Das, was dir so gut gefallen hat." Clemens zeigt nach hinten, Richtung Kofferraum.
„Oh", sagt Lydia. Sie kann sehr schön „Oh" sagen, findet er. „Was möchtest du dafür haben?", fragt sie.
„Ich freue mich, dass du hier bist. Das wir beide hier sind", sagt er so, stellt er mal in den Raum, diesen Satz. Lydia antwortet nicht, schaut ihn an vom Beifahrersitz, zwischen ihnen die Handbremse. Vielleicht ging der Satz daneben.
„Wo wohnst du?", schiebt er nach, um den ersten Satz

zu entkräften und eine neue, kleine Runde zu eröffnen.
„Kreuzberg", sagt sie, „im alten Kreuzberg einundsechzig. Wollen wir das Bild in meiner Wohnung aufhängen?"
Clemens holt das Bild von der Rückbank. Es ist so groß wie ein Backblech und zeigt den Hof in Brandenburg, die Hügel und den See, der links unten am Bildrand durch die Bäume schimmert. Die Weiden in Grün, die Backsteinhäuser des Hofs zentral in Rot, die Schatten und der Himmel in Blau.
„Kennst du die frühen Bilder von Kandinsky?", fragt er.
„Zeig mir das, alles," sagt sie während der Fahrt.
Altbau, vorletzte Jahrhundertwende, Holztreppe. Ihre Wohnung liegt im dritten Stock. Ab dem zweiten Stock stehen Blumen im Treppenhaus. Chagall schießt durch den geöffneten Türspalt in die Wohnung. Lydia macht eine kleine Führung, farbige Kissen, Einzelstücke, Wände in Rosa, Mint und Taubenblau. Kleine Ständer für Kunstpostkarten. Auf dem Balkon ein gelbseidener Sonnenschirm. Vom Flur geht eine weitere Tür ab. „Exit" steht darauf.
„Das ist das Zimmer von Horst", sagt sie. Die Tür ist geschlossen. „Er hat die Kopfhörer beim Spielen auf, er kann uns nicht hören."
Sie knien auf der Matratze und halten die Wasserwaage, dübeln, schwanken, lachen und fallen auf das Bett. Da liegen sie nun, das Lachen glimmt noch auf den einander zugewandten Gesichtern. Clemens streicht über Lydias Wange. Eine Bewegung ergibt die nächste, eine Choreographie der Begierde setzt ein, als ein Schrei aus der Nebenwohnung kommt, dann ein Krachen, ein Stuhl vielleicht, der zu Boden, geht. Das Brüllen einer Frau:
„Du Schwein, mieses Schwein, nicht mit der. Nicht mit meiner Freundin!" Wieder ein Möbel, etwas schlägt zweimal gegen die Wand. Ruhe. Dann Schluchzen.
Lydia und Clemens liegen nebeneinander und starren an die Decke.

Jemand rüttelt an der verschlossenen Zimmertür. Lydia springt auf, steckt den Kopf hinaus.
Es ist Horst.
„Hunger", sagt er. Dann sagt er: „Was`n das für `n Bild da hinten?"
„Das ist da, wo wir demnächst zur Eröffnung hinfahren."
„Wie ein früher Kandinsky. Nur schlechter."
„Deck schon mal den Tisch, ich komme gleich."
Clemens ist aufgestanden, richtet die Kleidung, Lydia öffnet die Haustür, schaut auf den Flur, öffnet die Zimmertür. Clemens: Standbein, Spielbein, Schulterzucken. Man blickt einander an, als hätte man sich mit dem Auto verfahren. Flüchtige Umarmung. Im Treppenhaus legt Clemens das Ohr an die Tür der Nachbarwohnung. Stille.

Felicitas. Blumen.

Die vier Freunde bewegen sich kreuz und quer über das Gelände, tragen Tische, Stühle, Geschirr für das große Fest heute Abend. Es ist schwül, aber die erste Nachthälfte über soll es trocken bleiben, am frühen Morgen könnte Regen aufkommen, ganz hinten, am Horizont gibt es Wolkenverschiebungen, aber die sind weit weg. Das Büffet wird in der Ostscheune stehen, die Scheunentore aber offen zum Hof, dort entsteht die Tafel. Man hat einen Caterer bestellt, aus Schwerin. Die Cateringangebote vor Ort waren „entsetzlich fleischlastig" (Lydia). Sie arrangiert Buffet und Tafel. Sie sagt, es soll wie ein Standbild werden aus einem Film mit einer langen, weiß eingedeckten Tafel und eleganten Gästen, die schöne Bewegungen ausführen. Die Klänge, die zum Himmel steigen, sollen Lachen und Gläserklirren sein, unterbrochen von fröhlichen Ausrufen oder einem Lied,

wer weiß? Man kann an den Geräuschen eines Festes erkennen, was für ein Fest das ist und in welcher Phase es sich befindet, denkt Felicitas. Ausklingen soll dieses Fest spät in der Nacht mit einem Gemurmel, sanft wie das eines heimatlichen Baches.
„Die Blumen sind ja noch gar nicht da!", ruft Lydia. Sie hat Blumen für die Tafel und die Tische bestellt.
Rolf wird die Blumen abholen.
„Möchtest du mitkommen?", fragt er.
„Ach, Gott, ja, eigentlich schon, aber ich bin gerade so drin hier in der Dekoration, weißt du? Würdest du sie allein abholen, ja? Das ist so lieb von dir", sagt sie. Sie legt den Kopf ein wenig zur Seite, lächelt, lässt die Arme hängen, ein blondes Strähnchen fällt ihr ins Gesicht.
„Natürlich", sagt Rolf, „natürlich." Er blickt den Autoschlüssel in seiner Hand an.
„Kann ich mitfahren?", sagt Felicitas. Sie hat den gepflasterten Weg gefegt.
„Natürlich", sagt Rolf wieder.
Felicitas stellt den Besen an die Hauswand und geht auf Rolfs Wagen zu. Er hält ihr die Tür auf.
„Hier sitzt man ja richtig weit oben", sagt Felicitas, „ein bisschen wie auf einem Traktor." Sie schaut sich um wie ein Kind. Sie drückt mit der Kuppe des Zeigefingers vorsichtig in die Sitze.
„Leder?"
„Wir sind noch nie zusammen in meinem Wagen gefahren, oder?", fragt Rolf. Sie werden jetzt zusammen zweimal zehn Minuten lang im Auto sitzen.
„Hier passt sich die Straße noch der Landschaft an, nicht umgekehrt", sagt Rolf.
Die Felder geben das große Ernteversprechen. Mittelstreifenfreie Straßen zweigen ab zu kleinen Dörfern, deren Dächer aus den Senken leuchten.
„Wie gefällt es dir auf dem Hof?", fragt Felicitas.
„Im Retreat? Gut", sagt er. Seine Stimme bleibt etwas in

der Schwebe. „Nein, wirklich gut, alles bestens."
„Was macht dein kleines Haus auf Rhodos?"
„Es muss jetzt nur noch bewohnt werden. Ich denke, nach dem Fest werde ich dorthin umziehen."
„Und dann? Was hast du dort vor?"
„Ich gehe täglich schwimmen, baue am Haus. Vielleicht lerne ich Griechisch."
„Rolf?"
„Ja?"
„Gefällt dir Lydia?"
An den Straßenrändern stehen die Häuser geduckt. Die Dächer wirken wie tiefsitzende Mützen.
„Merkt man das, mit Lydia? "
„Ich merke es."
„Sie hat kein Interesse am mir. Sie interessiert sich für einen anderen."
„Für Clemens."
„Deine Freundin baggert deinen Mann an, merkst du das nicht?"
„Doch, ich merke das."
„Und? Was macht das mit dir?"
„Was immer es macht, entsteht aus meinen Erwartungen. Ich werde es wohl annehmen und akzeptieren müssen. Ändern kann ich es nicht."
„Klingt gut", sagt Rolf, „stammt das von dem Vodoo-Mann?"
„Nein, von mir. Da, links, ist der Laden."
Die von Lydia vorbestellten Sträuße sind bereits eingepackt. Fünf große Bündel. Rolf breitet eine Decke im Kofferraum aus.
„Das ganze Auto riecht nach den Blumen", sagt Felicitas auf der Rückfahrt.
„Schöne Fracht, alles", sagt Rolf.

Felicitas. Gäste.

Der Hof ist voller Gäste: Kolleginnen von Felicitas, Kursteilnehmerinnen von Clemens, Kollegen von Rolf und Lydia. Felicitas hat Zimmerleute und Maurer eingeladen, manche kommen aus ihren Containerwohnungen. Unter den Zimmerleuten ist eine junge Frau mit Pferdeschwanz, aus der Seitentasche ihrer Breitcordhose lugt ein gelber Zollstock. Zwei Maurer stoßen mit Prosecco an.
Sommerabendstimmung auf dem Land: Der rote Backstein der Scheunen glüht in der Nachmittagssonne. In der großen Feuerschale, die Lydia geschenkt hat, liegt das helle Holz schon geschichtet für den Eintritt der Dunkelheit. Weiß und silbern von Baumwolle, Besteck und Glas blinkt die vorbereitete Tafel. Bienen und Schmetterlinge tanzen bereits.
Rolf und Lydia haben Dixi-Klos bestellt. Felicitas fand das unnötig, so viele Gäste seien sie doch nicht, die seien so hässlich, die Dinger. Wenn schon Dixi-Klos, hatte Clemens gesagt, dann fünf in Serie, wie auf einem Festival. Man einigte sich auf zwei. Die blauen Toilettenkabinen stehen am Nordende der Westscheune. Wenn man heraustritt, blickt man auf die Schafe und den Horizont.
Einige Bewohner des Dorfes tauchen auf. Clemens hatte in den Schaukasten an der Kirche eine Anzeige setzen lassen, die Wiederherstellung des alten Mehlhasschen Hofes würde gefeiert, man dürfe gern vorbeischauen. Erich Stolzenburg, der Installateur aus dem Ort, ist da, das Ehepaar Bielke, das sich für die Restaurierung der Kirche einsetzt, Harald Meyer vom Sportverein und Katharina und Stefan Wermitz, er in der Funktion des parteilosen Bürgermeisters. Eine Familie steht im Hof, die Felicitas nicht kennt. Die beiden Mädchen sehen identisch aus und tragen die gleiche Kleidung. Sie drücken sich mit ihren Rücken an die Beine der Eltern.

Felicitas geht mit einem Getränketablett auf sie zu. Sie hätten das Haus gekauft, hinten am Ende der Straße. Das Orangene mit dem hübschen Erker?
„Genau genommen lachsrot, RAL-Nummer dreißig-zweiundzwanzig", sagt die Mutter. Der Vater nimmt sich zwei Gläser Sekt. Irgendwas stimmt mit seinem Ohr nicht, es ist verformt. Felicitas schaut immer wieder zu den Zwillingen, so wie man auf einen Ringblitz schauen würde oder ein Ringelnatternest.
Familie Giesch, die direkten Nachbarn, sind nicht zu sehen. An den Frontfenstern sind die Rollläden heruntergelassen.
Die Gäste betreten den Hof zwischen Haupthaus und Westscheune durch das alte Tor. Man muss dann einige Schritte gehen, um den Innenhof sehen zu können. Die meisten schreiten vorsichtig voran, die Köpfe hierhin und dorthin gewandt. Manche legen die Hände an das Feldsteinfundament oder die Lehmfassade. Sie werden, sobald sie auf den gepflasterten Hof treten, von einer der beiden Mitarbeiterinnen des Cateringunternehmens empfangen, in schwarzen Hosen und weißen Blusen. Ihre Sneaker verraten, dass sie sonst etwas anderes machen, eine Ausbildung, ein Studium. Manchmal lässt es sich Clemens nicht nehmen, Neuankömmlinge zu empfangen. Er nimmt dann zwei Sektgläser vom Tablett der Frauen in Schwarzweiß und überreicht sie.
Lydia hat ihren Sohn vom nächsten Bahnhof abgeholt. Er weiß nicht, ob er Sekt oder Orangensaft möchte. Jetzt steht er ohne Glas an einer Ecke und holt aus seinem schwarzen Rucksack ein Ding, ein Gerät. Er geht auf die Knie, steckt etwas zusammen, versenkt seinen Kopf fast in den Rucksack. Er hat eine Drohne dabei. Lydia kommt auf ihn zu, sie ist mit den Absätzen auf dem Kopfsteinpflaster nicht so schnell.
„Muss das sein?", fragt sie.
„Was muss schon sein?", sagt Horst, „ich möchte es

eben. Hinterher sind alle dankbar für die Bilddateien und sagen oh-wie-klasse-ist-das-denn?"
Lydia will vorher noch Felicitas und Clemens fragen, ob das in Ordnung ist, mit der Drohne über dem Hof und dem Dorf, aber Horst und die Drohne sind schon startklar. Die Zwillinge aus dem Erkerhaus haben einen Arm umeinandergelegt und schieben sich gegenseitig vorwärts. So rücken sie vorsichtig an Horst heran.
„Drohne?", fragt eine der Zwillinge, die andere zeigt auf das Ding.
„Drohne", sagt Horst.
Mittlerweile wird das Schwein geliefert. Der Lieferwagen fährt rückwärts auf den Hof, Rolf weist ihn ein und winkt mit den Armen. Auf dem Lieferwagen ist die Comiczeichnung eines Schweins zu sehen, das eine Serviette umhat und Messer und Gabel wetzt. Eine kleine Traube von Gästen bildet eine Gasse, dort wird das Spanferkel hindurchgetragen. Es ist schon aufgespießt. Eine transparente Kunststoffhülle umspannt den Körper: ein Kokon. Die beiden Angestellten der Fleischerei reißen die Hülle vom Schwein und hängen es in den präparierten Grill ein, sie sind stumm, ihre Gesichter reglos. Die Zwillinge sind jetzt hier, sie haben das Interesse an der Drohne verloren. „Sau", sagt eine, die andere zeigt. Sie wechseln sich ab mit Sprechen und Zeigen.

Horst. Fest.

Da sind die Schafe. Stehen ohne Ordnung. Horst bewegt sich vorsichtig auf die Schafe zu. Schafe sind dumm, das liest man. Man merkt es auch, findet er. Man merkt oft, dass etwas wahr ist, wenn man darüber gelesen hat. Man wird darauf gestoßen. Die Schafe starren ihn an, hören auf zu kauen. Angst und Neugier halten sich die Waage, Horst kennt das. Je näher er den Schafen kommt, umso stärker wird deren Angst. Und noch einen entschlossenen Schritt vorwärts, schon stieben die Schafe auseinander. Nur ein paar Tiere bleiben stehen. Ob das die ganz Dummen sind? Oder die Erfahrenen? Ob die, die zuerst geschlachtet werden?

Horst hasst es hier, die Schafe sind blöde, das Haus ist alt, das WLAN miserabel, von den Gästen nicht zu reden. Irgendein Idiot hat einen Apfelbaum mitten im Hof schief eingepflanzt. Es ist keiner hier, der ihn interessiert. Außer vielleicht der Dürre da hinten, der neben dem Grill steht und das Spanferkel ansieht mit verdrehten Beinen. Angst und Neugier spürt Horst bei Anblick des Dürren. Der trinkt Bier und schaut herüber, dann in sein Glas und dann wieder in den Himmel, der heute unverschämt blau ist, der gute Laune fordert von den Menschen. Horst wird seine Drohne immer wieder steigen lassen und den Fortgang der Veranstaltung dokumentieren. Wenn viele unterschiedliche Wesen zusammentreffen, dann kann das nur gut gehen, wenn sie ein gemeinsames Ziel haben, zum Beispiel zu feiern. Wenn sie unterschiedliche Interessen haben, gibt es Ärger, denkt Horst.

Das da hinten ist der schlechte Kandinsky. Er ist scharf auf Lydia, das spürt Horst bis hier herüber. Als Sohn bemerkt man das, aber man kann es nicht begreifen. Mutter und Frau geht für einen Sohn nicht zusammen, denkt Horst und findet, dass das ein guter Satz ist. Wenn man jung ist, merkt man, dass Männer angeschlichen kommen und mit ihm lieb Kind machen, nur für die Mutter, die sie zwischendurch anstieren. Ihre Absicht zieht hinter ihrem Blick auf wie ein Gewitter.

Der Pseudokandinsky hat Lydia in den Arm genommen. Hat einen Scherz gemacht und sie gedrückt, weil sie darüber gelacht hat, zur Belohnung. Er schielt ihr auf die Brüste, als würde es niemand merken. Aber er, der

Sohn, merkt das natürlich, denn er hat ein Gespür für die Mutter und kennt ihre Brüste wie kein Zweiter. Seine Mutter, denkt er, zahlt Männer in Brüstowährung, so einfach ist das.
Der Sohn wird sich euren Gesprächen verweigern, Gesprächen, die eure wahren Interessen verdecken sollen wie Otohime die Stuhlgangsgeräusche auf japanischen Toiletten.
Die Schafe glotzen, glotzen wie der Maler seine Mutter anglotzt. Die Schafe gehören Clemens. Wenn ein Schaf leidet, leidet er auch. Sie sollen mal aufpassen, die Schafe.

Taxifahrer. Lindow.

„Sie haben nichts gegen eine längere Fahrt?", fragt der alte Mann, der pünktlich aus der Glastür des Pflegeheims tritt.
„Italien wär schön", sagt er Taxifahrer.
Der Alte trägt einen Anzug. Einen schwarzen Anzug und dazu ein weißes Hemd mit einem Kragen, dem der Hals zu schmal geworden ist. Diesmal hat er keinen Koffer dabei und ein Tuch, in das er etwas eingewickelt hat.
„Nach Lindow, sie erinnern sich?"
„Ja, ich erinnere mich. Gibt es was zu feiern?", fragt der Taxifahrer.
Und, nachdem der Alte schweigt, „Na wegen dem Anzug."
„Könnte man so sehen. Zunächst müssen wir einen kleinen Umweg fahren. Kennen Sie den Mehlhasschen Hof?"
„Klar. Also doch was zu feiern! Hab da schon Musiker hingebracht. Ist Einweihung, da. Künstler, Großstädter, Leute aus dem Flüchtlingsheim. Dabei ist die westliche Scheune noch gar nicht fertig."
„Woher wissen sie das?"
„Was man so hört."

Nach rechts und links gehen kleine Straßen ab zu den Dörfern. Jeder Ortsname ein Versprechen.
Der Fahrer parkt zwischen den Fahrzeugen, die vor dem Retreat parken. Aus dem Hof schallt Musik.
„Können Sie bitte diesen Umschlag in den Briefkasten werfen? Möglichst unauffällig?"
„Wie im Krimi", sagt der Fahrer und nimmt den Umschlag entgegen und kehrt nach einer Minute zurück.
„So", sagt er, „und jetzt der schwarzen Limousine folgen?"
„Jetzt in die Baumgartner Heide".
„Kenn ich gar nicht", sagt der Taxifahrer.
„Zeig ich Ihnen. Richtung Lindow zurück", sagt der Alte, „Sie müssen allerdings einige Feldwege fahren."
„Sehn wir mal", antwortet der Fahrer.
In den Dörfern werden Hecken geschnitten und Carports gebaut.
„Vielleicht fahren Sie hier doch nochmal links. Eine kleine Runde durch den Ort, so mit zwanzig Stundenkilometern, zum Herausgucken. Genau. Und da hinten mal den kleinen Berg hoch. Das hier, das war mal eine Schmiede. Der Schmied trank drei Liter Bier am Tag, hieß es. Hier müssen Sie wenden. Da hinten war eine Tanzschule."
„Ihre Tanzschule?", fragt der Taxifahrer.
Der Alte sieht nach vorn und antwortet nicht.
„Und jetzt immer geradeaus fahren", sagt er.
Die Rindenmuster der Birken flackern beim Vorbeifahren. Vor dem Taxi spannt sich eine Landschaft auf wie ein Schirm. Es dämmert. Der Fahrer schaltet das Licht an.
„Hier", sagt der Alte, „links in den Feldweg bitte".
„Das ist nicht gut für den Wagen", sagt der Fahrer.
„Zwanzig Euro extra", sagt der Alte. Und dann sagt er: „Vor dem Hochstand da oben links in den Waldweg."
Der Taxifahrer umkurvt ein paar ausgetrocknete Pfützen. Es geht bergan.

Der alte Mann starrt in den Nadelwald.
„Fahren Sie jetzt bitte ganz langsam. Ja. Noch ein kleines Stück. Dahinten ist es gut, an dieser Stelle können Sie mich rauslassen."
„Sie wollen hier raus? Luftlinie ist es nicht weit zum Mehl-hasschen Hof. Notfalls können Sie noch zur Party laufen."
„So ist es", sagt der Alte und lässt den Blick auf dem Fahrer ruhen.
„Also wirklich hier aussteigen? Im Anzug und mit dem Gehwagen?"
„Ich habe hier als Junge gespielt, kenne jeden Baum, wissen Sie?", sagt der Alte und drückt dem Fahrer einen Hundert-Euro-Schein in die Hand. „Behalten Sie den Rest. Keine Quittung."
Der Fahrer blickt auf seine Hand mit dem Schein. Ein großzügiger alter Mann.
„Soll ich Sie wieder abholen?"
„Das wird nicht nötig sein", sagt der Alte, „ich werde abgeholt." Entschlossen löst er die Bremsen des Rollators und folgt dem Waldweg in die Tiefe.

Fuchs. Fest.

Der Fuchs spürt drei Kraftfelder auf dem Fest: die Landschaft, die Zwillinge und das Schwein am Spieß.
Die Landschaft ist eine Sehnsuchtslandschaft: Ein großer Himmel macht die Gedanken weit. Zwischen Mutterboden und Sonne wachsen Getreide, Bäume und Gras bis zum fernen Horizont.
Die Zwillinge sind göttlich, sie sind kapriziös, sie können Unheil und den Tod schicken, man muss sie bei Laune halten. Er wird ein Doppelschüsselchen mit Kartoffelchips aufstellen.

Das Schwein wird über dem Feuer gedreht. Es ist ein junges Schwein, ein Ferkel, ein Spanferkel. „Spana" für „Zitze": Man schleicht sich von hinten an, wenn das Ferkel fünf Wochen alt ist, wenn es nichtsahnend säugt, und killt es. Das Fleisch schmeckt unschuldig, nach Muttermilch, nach rosigen Plänen für das Leben. Der Mensch brät das Ferkel, bis die Haut aufspringt, schmiert das Fleisch mit Senf ein und spült es mit Bier herunter. Das Schwein ist blutleer, die Lebensgötter haben es lange verlassen, es ist für die Zwecke des Fuchses nicht zu gebrauchen. Dahinten schleicht jemand zum Briefkasten.

Der Fuchs trinkt heute Bier. Biertrinken und Anstoßen ist das letzte Ritual in Brandenburg und gegen Bier ist nichts einzuwenden. Der Extrakt aus den Hopfenzapfen beruhigt und senkt die Körpertemperatur, das Malz der Sommergerste enthält die Kraft des Keimes, der Alkohol ermöglicht einen Rausch, eine Ichentfernung, die andere Sicht der Dinge. Fliegenpilz, spitzkegeliger Kahlkopf, Stechapfel, Tollkirsche: alle vergessen, verschwunden, verdrängt. Doch der Fuchs hat etwas dabei, in seinem Sack, neben den Trommeln, dem Gewand und dem Stock: Er hat Bombé mitgebracht, aus Kinshasa.

Der Fuchs trinkt ein Bier und noch eins und noch eins, das macht man hier so. Er besieht sich das Spanferkel. Der Grillspieß geht zum Hintern herein und zum Maul wieder heraus. Er sieht genau hin, auch von hinten. Er geht im Halbkreis um den Grill. Da guckt der Partygast nicht hin, da wo der Spieß in den Schweinearsch geht und verschwindet, denkt er. Das Geschlinge ist nicht mehr im Ferkel, aber der Kopf ist noch dran, die Ohren, das Schwänzlein. Die Ohren hat man mit Folie abgedeckt, auf dass sie nicht verkohlen. Das Mitleid, ahh, die armen Ohren. Doch Schweine sind stark, geerdet, fruchtbar. Es sind Krafttiere, auch dieses, es sieht einen an, trotz hitzetrüber Augen. Seht das Schwein. Fühlt mit ihm. Aber keiner kann es mehr lesen von den Degenerierten hier, außer vielleicht Felicitas, sie steht dort hinten und füllt Wasser nach in die Karaffen. Der Fuchs sieht sich um, der Fuchs erkennt sie alle. Vielleicht ist noch Kraft in der blassen, jungen Frau mit den Löchern in der Hose. Sie zeigt ein Bild herum, einen Leuchtturm oder etwas derart. Vielleicht ist noch Kraft in den drei Männern, den dünnen, ostafrikanischen Männern, die über den Hof gehen und schauen und sich an den Händen halten. Und Kraft, nie freigesetzte Kraft steckt in dem Jungen dahinten, dem hellen, weichen, dicken da, bei den Schafen. Viel Wut und Argwohn ist in ihm. Der Fuchs geht dort hin. Der Fuchs geht über den Hof, er geht vorwärts und seitwärts und rückwärts. Wer es bemerkt, kichert, wer`s nicht bemerkt, merkt doch das Kichern von irgendwo. Der Fuchs stellt sich neben den Jungen, der zu den Schafen schaut und mit den Fingern am Stacheldraht spielt.

„Du bist allein hier", eröffnet der Fuchs.

„Du doch auch", sagt der Junge. „Bist du der Künstler, der Schamane?"

„Der bin ich."

„Und du wohnst in der Kanalisation?"

„Unter euren Füßen."

„Warum?"

„Warum nicht?"

„Weil es dreckig ist und stinkt. Und weil es dunkel ist."

„Es ist dunkel, das stimmt, der Rest ist falsch. Du warst nie dort."

„Ich war auch nie auf dem Mond und weiß doch was darüber", sagt der Junge.

„Du magst die Menschen hier nicht, oder?", fragt der Fuchs.

„Ich hasse sie."

„Zähl auf, warum du sie hasst."

„Hm. Sie sind eitel", sagt der Junge.

„Mehr", sagt der Fuchs.

„Sie sind langweilig", sagt der Junge.
„Atme ein und beim Ausatmen sag, warum du sie hasst."
„Sie denken nicht nach", er atmet ein, „ihr WLAN ist schlecht – sie saufen – sie glotzen so unendlich dumm."
„Wie die Schafe?"
„Dümmer als Schafe!"
„Du bist voller Kraft." Der Junge schaut auf.
„Ich bin voller Kraft?"
„Ja", sagt der Fuchs.
Sie stehen nebeneinander und starren in Richtung der Schafe.
„Was ist wichtig für dich?"
Der Junge schnauft.
„Vielleicht, dass man eine Basis hat. Und einen Glauben?"
„Hast du das?"
„Eher nicht."
„Und deine Mutter?"
„Sie glaubt an Deko". Er dreht sich zum Hof, „und der Typ daneben glaubt, er sei Kandinsky. Es bräuchte eine große Reset-Taste."
„Bist du voller Wut?"
„Ja, ich bin voller Wut!"
„Du bist voller Kraft", sagt der Fuchs.
„Ich bin voller Kraft?"
„Ja", sagt der Fuchs, „und ich brauche dich nachher. Bist du dabei?"
„Ich bin dabei", sagt Horst.
„Ich geb` dir ein Zeichen", sagt der Fuchs und stiert dem Jungen in die Augen, erst rechts und dann links und dann dreht er ab.

Felicitas. Musik.

Die Musiker kommen aus Hamburg, sie tragen ihre Instrumente in den Innenhof. Sie sind zu viert. Clemens weist ihnen einen Platz vor der Westscheune zu, es wird nicht regnen. Er holt eine Kabelrolle, während die Musiker ihre Instrumente auspacken, der Gitarrist, der Akkordeonist, der Kontrabassist. Die Sängerin ordnet Blätter mit Texten. Die Zwillinge nähern sich. Eine zeigt auf den Kontrabass, die andere zögert, sie scheint nicht sicher. „Kontrabass", sagt der Musiker und lächelt. Er hat die Spielregeln missachtet. Die Zwillinge fassen ihn ins Auge.

Felicitas blickt über die Szenerie: Menschen und Getränke, bunte Flecken, Gesprächsbröckchen, Lachen. Es lässt sich gut an, ein Fest wie in einem Werbeclip. Nur Horst steht allein mit der Fernbedienung seiner Drohne, den Blick zum Himmel gerichtet. Das Schwein dreht seine Runden auf dem Grill, Clemens und Lydia stehen beim Bürgermeister. Eine Frau mit Löchern in den Jeans zeigt Umstehenden etwas Gemaltes, einen Leuchtturm oder etwas Ähnliches, das muss eine der Kursteilnehmerinnen von Clemens sein. Man lacht. Rolf spricht mit einem Zimmermann, er zeigt auf das Dach der Westscheune. Die Musiker spielen ein erstes Stück, einige Frauen wiegen sich in den Hüften, ein Mann zappelt etwas herum zur Musik, mit der Bierflasche in der Hand.

Wenn vom Grill ein Zeichen kommt, kann die Tafel eröffnet werden, das soll Felicitas machen. Es ist ihr Retreat, das Geschenk ihres Vaters. Er hat sie angerufen, es würde ihm zu viel Trubel, aber er wünsche ihnen von Herzen ein schönes, ein prächtiges Fest. Seine Stimme hatte ungewohnt weich geklungen. Sie hatte nochmal nachgefragt, man könne ihn abholen, man könne ihn zurückfahren, sie würde so gern haben, dass er sehe, wie schön es geworden sei, das Haupthaus, die Ostscheune, der gepflasterte Hof. Er hatte nochmal verneint, er wünsche alles Gute, ihr, den Freunden und dem Hof. Ob alles in Ordnung sei, ja, alles sei gut, bestens sogar, hatte er gesagt und sein gerührter Ton war einem festlichen Ton gewichen. Sie würde ihn morgen anrufen und ihm anbieten, ihn zum Sonntagskaffee zu besuchen.

Einer der beiden Männer am Grill kommt auf Felicitas zu. Er hat ein weißes Kochhemd an, mit einer Doppelreihe schwarzer Knöpfe. Das Fleisch sei jetzt durch, sagt er, man könne starten. Das Schwein gib das Startsignal.

Felicitas soll jetzt etwas sagen. Sie schaut zu Clemens, der im Gespräch mit der Gemäldezeigerin ist. Aber Rolf ist zur Stelle und schlägt mit einem Taschenmesser an sein Sektglas, bis alle verstummen. Dann führt er Felicitas die Treppe zum Haus empor, klatscht in die Hände und weist auf sie. Rolf entfernt sich schnell. Alle drehen sich zu ihr, auch die Zwillinge und Chagall. Sie nimmt die Hände hinter den Rücken. Während sie spricht, wippt sie ein paar Mal auf die Zehenspitzen. Sie begrüßt, sie dankt den Handwerkern für fast zwei Jahre Arbeit. Sie hebt die Freunde hervor, Lydia für ihr Organisationstalent und ihren Blick, Rolf für seine Struktur und den Bau des Atelierhauses, das man gerne heute Abend besichtigen könne. Clemens für alles. Und sie dankt ihrem Vater, den sie mit Vor- und Nachnamen nennt, der das alles ermöglicht habe und nicht kommen könne (Beifall). Am Schluss verweist sie auf den Ablauf, die hiermit erfolgte Eröffnung des Buffets (Jubel), die Band als Aufforderung zum Tanz (Beifall), die Möglichkeit, sich im See abzukühlen. Und später, schließt sie, würde es noch eine Überraschung geben, etwas Besonderes, sie wisse selbst noch nicht, um was es sich genau handele, eine Art Aufführung, aber auch etwas zum Mitmachen, sicherlich aber etwas Ungewöhnliches, Unvergessliches. „Feuerwerk!“, ruft jemand, „Polonaise!“, ein anderer.

„Nein", sagt sie, „ganz anders." Und dabei schweift ihr Blick über die Menge, nein, der Fuchs ist nicht hier, vielleicht ist ihm das zu viel, es passt gar nicht zu ihm, so ein Fest, denkt sie. Doch, da hinten, neben den Dixi-Klos, da steht er, ernst und schmal wie eine Birke. Sie kennt ihn gar nicht, er ist ihr immer noch fremd, denkt sie, während alle applaudieren und sich mit Tellern und Besteck bewaffnen, für das Buffet.
Felicitas geht quer über den Hof, manche Hände klopfen ihr auf die Schulter, sie geht zum Fuchs.
„Guten Abend", sagt sie, „ich habe Sie gar nicht kommen sehen."
„Guten Abend. Sie waren sehr beschäftigt", sagt er.
„Kann ich Ihnen etwas zu trinken bringen?"
„Ich hatte schon, danke. Ich muss mich erst an die vielen Menschen gewöhnen."
„Falls ich Sie vorstellen soll", sagt Felicitas, „verraten Sie mir jetzt Ihren Namen?"
„Ihr Mann wollte mich vorstellen. Ich soll erst später in Erscheinung treten", sagt der Fuchs. „Könnte ich vielleicht in der Küche etwas vorbereiten? Sehen Sie", er öffnet einen Stoffbeutel, darin sind transparente Gefrierbeutel. „ich habe Ganache, Couverture, Kakaobutter und Förmchen für Pralinés dabei. Anschließend müsste ich mich auch noch umziehen."

Fuchs. Bombé.

Die Leute sind betrunken, sie taumeln, es labert aus ihnen heraus. Da hinten bewegen sie sich zur Musik, das ist gut, prinzipiell, aber es ist nichts dahinter, sie tauchen nicht ein, sie wackeln einfach und Musik spielt dazu. Die ganze Aura ist flach. Gebremste Enthemmung, kein Ziel. Der Fuchs wird das richten, er wird sie alle anstoßen wie

eine Kugel, die dann rollt und rollt, ohne Widerstand.
Lass sehen, wer ist hier empfänglich und wer nicht? Felicitas ist empfänglich, aber sie ist zu kostbar, sie verzieht sich ins Haus, sie ahnt etwas. Man weiß nicht, was passiert, welche Götter sich gerufen fühlen vom barbarischen Benimm dieser Leute. Wo ist der Maler der kleinen Bildchen? Da steht er bei Lydia, Lydia wird sehr empfänglich sein und sie liebt den Auftritt.
Er soll zurückschauen, hierher, schau, Maler mit dem Pferdeschwänzchen! Ja, so ist es gut. Er lacht, er gibt mir ein Zeichen: Daumen hoch, er deutet auf die weiße, weite, festiche Kleidung des Fuchses, wieder Daumen hoch, die gestreckten Hände als Verweis auf den Grillplatz als Bühne. Ein paar lächerliche Restgesten, alles andere Nonverbale verkümmert. Er hat keine Ahnung. Der Fuchs darf – der Fuchs wird. Lydia, komm her, jawohl, sie kommt.
„Möchten Sie einmal hypnotisiert werden?"
„Ich weiß nicht recht, jetzt? Hier?"
„Es ist eine Art Übergang in etwas anderes, so etwas wie Trance. Es ist ein Abenteuer. Es kann etwas auslösen. Ich bin von den Gastgebern beauftragt."
„Vor all den Leuten? Na, warum nicht, ich liebe Partyspiele."
Lydia geht vor dem Fuchs in die Mitte des Hofes. Clemens bittet um Ruhe. Die Band macht eine Pause. Es bildet sich ein Kreis um den Fuchs und Lydia, die Freiwillige. Die Kleineren nach vorn. Clemens stellt den Fuchs vor. Er sagt, der Fuchs, so habe er von seiner Felicitas erfahren, sei ein besonderer Mensch, eigentlich Mathematiker, aber Reisen nach Afrika und Haiti hätten ihn verändert, und davon wolle er uns etwas mitteilen. Er sei jetzt ein Schamane, ein Heiler, ein Vodoopriester oder so etwas, und vor allem, so findet Clemens, ein Künstler, ein Performer im besten Sinne. Und da dies ein Ort für Künstler werden solle, freue er sich, dass er zugesagt habe.

Der Fuchs, sagt „Guten Abend“ und deutet eine Verbeugung an. Er holt eine Rassel, ein Asson, aus einem Beutel. Er hat alles in Beuteln dabei. Dann spricht er leise mit Lydia, sie setzt sich auf den Stuhl, der bereitsteht, der Fuchs steht davor, dann kniet er. Er spricht auf sie ein, man versteht nichts. Einer aus dem Publikum ruft „Lauter!“, aber keiner lacht mehr, die Stimmung ist gekippt auf die Seite des Fuchses, man registriert es erst jetzt. Er rasselt mit der Kalebasse. Dann wedelt er vor Lydias Gesicht, als würde er Fliegen fangen. Der Mann am Kontrabass legt sein Instrument ab und kommt auch in den Kreis der Zuschauer, auf leisen Sohlen. Der Fuchs hebt die Arme, der Fuchs dreht sich mit dem Rücken zu ihr, der Fuchs beschwört, säuselt. Lydia hat die Lider geschlossen, ihr Mund ist ein Strich. Das Einzige, was sich bewegt sind Lydias Brustkorb, der Fuchs und das Ferkel am Spieß. Der Fuchs geht aus der Hocke in den Stand und Lydia steht auf, dann kniet der Fuchs wieder und Lydia setzt sich, sie folgt ihm jetzt, ihre Bewegungen haben etwas Mechanisches, ganz anders als sonst. Dann sagt der Fuchs laut:
„Du bist eine Schlange.“
Lydias Augen verengen sich. Damballah Wedo ergreift Besitz von ihr, wird sie reiten. „Schlange“, sagt der Fuchs, und nach einer Pause nochmal: „Schlange, Schlange!“
Lydias Zunge schnellt aus dem Mund. Sie geht zu Boden, die Arme eng am Körper. Windet sich, schiebt Hüfte und Schultern im diagonalen Wechsel nach vorn. In Wellenbewegungen schiebt sie sich auf dem Grillplatz voran, die Menschen weichen ihr aus, sie nimmt eine Kurve, der Fuchs tritt ihr entgegen, hält sie am Kopf, flüstert, drückt seine Stirn gegen ihre, sie öffnet die Augen weit, geht in die Knie und richtet sich auf. Leckt sich die Lippen, reibt sich die Augen und lächelt verlegen. Ihr Kleid ist verdreckt. Die Menschen klatschen und sehen sich an mit offenen Mündern.

„Wer möchte?", fragt der Fuchs.
Lydia hat sich hinten auf die Wiese gelegt, den rechten Handrücken auf den Augen, man hört ein Seufzen, man sieht, dass ihr Zwerchfell zuckt, ist das Lachen oder Weinen oder ein Schluckauf? Clemens ist bei ihr.
Die Gäste reden und rufen, sie harren der Dinge. Der Fuchs stellt fünf Stühle auf. Er geht durch das Publikum und schaut möglichen Kandidaten in die Augen. Fünf Personen fasst er an die Stirn und nimmt sie dann an den Schultern, bedeutet Ihnen, sich auf einen der fünf Stühle zu setzen. Alle folgen. Die Frau des Bürgermeisters, eine Freundin Lydias („Nur bitte keine Schlange. Geht auch Katze, eine kleine Katze? Ja?"), die Zimmermannsfrau, Dr. Frömms, der Politiker aus Neukölln und die Sängerin der Band. Der Fuchs stellt Kerzen auf und holt eine flache, mit Fell bespannte Trommel aus einem anderen Beutel. Man solle jetzt die Pralinen mit dem Kaffee servieren. Was für ein Fest!
Die fünf ausgewählten Personen sitzen auf den Stühlen wie Angeklagte. Der Bürgermeister möchte nicht, dass seine Frau da mitmacht. Er umfasst ihren Oberarm, aber sie reißt sich los. Der Bürgermeister wird zum stummen Zeugen.
Der Fuchs legt den Kopf in den Nacken: Die ersten, hellsten Sterne eröffnen die Sitzung des Firmaments. Der Fuchs lässt die Sitzenden atmen, er begleitet den Atem mit der Trommel. Dann übernimmt die Trommel das Atemkommando, beschleunigt, der Atem der Fünf folgt. Der Fuchs singt, seine Stimme wie eine Scherbe.
In den Pralinés ist das Bombé. Bombé heißt auf Lingala „gewaltig". Es ist ein Pulver, das aus den Waben benutzter Autokatalysatoren gewonnen und mit Schlafmitteln versetzt wird. Es ist nicht teuer. Es bringt einen ins Nichts. Ein Praliné „Reset".

Felicitas. See.

Felicitas hat gesehen, wie der Fuchs seine Pralinés auf einer Etagere drapiert hat. Sie hat gesehen, wie Lydia den Boden entlang gerobbt und auf der Wiese gelegen hat, wie Clemens sich über Lydia gebeugt hat. Lydia und Clemens sind verschwunden.

Sie geht zum Fuchs. Er steht in der Mitte des Platzes und sucht Teilnehmer für den nächsten Zauber aus. Er trägt jetzt ein weißes Hemd mit Stehkragen und eine weiße, ausgestellte Hose, dazu weiße Gummistiefel. Er hebt die Arme und lässt Kaffee und die Pralinen ausgeben. Als er sieht, dass Felicitas sich von der Seite nähert, schaut er sie an und wackelt mit dem Zeigefinger am ausgestreckten Arm. Dann wendet er sich ab und stellt Stühle für die neuen Kandidaten bereit, dabei spricht er zur Menge. Er hat die Regie übernommen.

Rolf steht hinten an der Grenze zur Weide mit der Zwillingsfamilie. Er zeigt hinaus zum See. Felicitas geht zu ihnen herüber.

„Meine Zwillinge möchten in der Dunkelheit im See baden", sagt der Vater der Zwillinge.

Er ist ein kräftiger Mann mit einem Grübchen im Kinn und einem verunstalteten Ohr, einem Blumenkohlohr der Boxer. Rolf will ihnen den See und das Boot zeigen, Felicitas möchte hier weg, sie wird mitkommen. Sie laufen in die Dämmerung hinein, die Zwillinge vorneweg, Rolf und Felicitas mit den Eltern dahinter. Der Vater weiß nicht genau, wie alt die Zwillinge sind.

„Etwa zwölf Jahre, jede von ihnen. Aber die Namen kenne ich genau", sagt der Mann, „Lina und Lena."

Die Mutter sagt, sie kann die beiden nur unterscheiden, wenn sie kauen. Die eine kaue links-, die andere rechtsherum. Vom Zwilling aus gesehen. Felicitas schaut Rolf an, dieser hört den Eltern zu und nickt.

Vor ihnen breitet sich der See aus. Rolf zeigt ihnen das

Versteck des Bootes. Der Vater zieht es hervor, dreht es um und zieht es zum Wasser. Er braucht keine Hilfe von Rolf. Die Zwillinge haben sich schon ausgezogen, sie krabbeln ins Boot und knien sich rechts und links an den Bug. Die Mutter sitzt auf der Mittelbank, der Vater steht bis zu den Knien im Wasser, dann springt er mit nassen Schuhen in das Boot. Die Mutter rudert mit dem Gesicht zu Felicitas und Rolf. Der Vater dreht sich einmal zu Felicitas und Rolf um, sein Gesicht ist blass und bewegungslos, der halbe Mond bescheint das verkrüppelte Ohr. Die Mutter ruft: „Auf Wiedersehen!" Ihre Stimme durchschneidet die Stille. Die Ruder kippen rhythmisch von waagerecht zu senkrecht zu waagerecht, tauchen ein, rechts und links synchron, federnd. Lautlos zeichnet das Boot ein Muster ins Wasser.
Rolf und Felicitas stehen nebeneinander am Ufer, ihre Hände berühren sich, sie blicken dem Boot hinterher. Auf der Mitte des Sees fährt die Mutter die Ruder ein. Die Zwillinge stellen sich auf, die nackten Leiber leuchten im Dunkeln. Als die Wasseroberfläche kein Muster mehr zeigt, als sie glänzt wie poliert, springen die Zwillinge, nach rechts und nach links, ein Ballett, den Rückstoß gegenseitig neutralisierend. Die Mutter nimmt wieder die Ruder zur Hand.
Die Musik aus der Ferne ist verklungen. Rolf sagt: „Gehen wir ein bisschen."
„Der Gang des Festes hat eine Abzweigung genommen", sagt Felicitas.
„Und wir haben sie verpasst", sagt Rolf.
Das Ruderboot bewegt sich auf die andere Seite des Sees zu. Die Köpfe der Zwillinge schauen aus dem Wasser hervor. Der Weg von Felicitas und Rolf steigt etwas an, verliert sich zwischen zwei Feldern, in der Ferne kann man den Hof sehen. Schwaches Licht flackert auf: das Feuer im Hof. Sie steigen auf eine kleine Anhöhe.
„Lass uns in großem, weiten Bogen zurück zum Feuer

laufen.“, sagt Felicitas, „so lang, bis...“ Und als sie das sagt, fliegt ihr ein Schmetterling in den Mund. Was macht denn ein Schmetterling um diese Uhrzeit in der Luft? Felicitas lässt den Mund offen, greift auf die Zunge, versucht zwischen Panik und Vorsicht, das Tier zu befreien, sie hält es zwischen den Händen, spuckt aus, aber ein Flügel ist gebrochen, sie lässt das entzweite Tier fallen, spuckt aus, fährt sich mit den Fingern über die Zunge.
„Ein Admiral“, sagt Rolf, über den Falter am Boden gebeugt.

Lydia. Wald.

Lydia liegt nackt im Wald, im Humusbett. Über ihr weisen die Spitzen der Fichten zum gedimmten Himmel. Endlich bricht es hervor, endlich haben sie sich, Lydia und Clemens, das muss jetzt aber das Glück sein. Sie ist weggelaufen vom Fest, weil sie vergessen will, dass sie sich im Dreck gewälzt hat und alle zugesehen haben. Dann hat Clemens sie getröstet, dann ist alles so gekommen und sie ist herrlich einverstanden. Sie tun es im Wald, weil die, die es in der Natur tun, ein bisschen verrückter sind und jünger im Herzen. Früher, ganz früher, denkt sie, war man immer nackt im Wald, wie die Schlangen.
Seine Mimik der Lust, das ist doch herrlich, das ist doch in Ordnung, im Wald, natürlich, das Leben! Er schwitzt und tropft, ihre Brüste fließen seitlich aus, wie Lava. Sie lassen die anderen feiern, da hinten, fünfhundert Schritte von hier, wo das große Fest das Zepter führt, wo ein Fremder Unheil verbreitet, wo das Spanferkel rotiert und sich die Zeit ihrem Ende entgegen dreht.
Clemens macht Geräusche, stößt Worte hervor, grunzt

Halbsätze, die sie wiederholt. Echoortung beim Vorstoß in Ekstasegebiete. Er drückt ihr die Hände in die feinen Nadeln am Boden, atmet, er pumpt wie der Rhythmus der Bata, der Sanduhrtrommel, was ist denn, denkt sie, hat da nicht ihr Sohn geschrien oder gelacht in der Ferne? Das kann doch kaum sein. Und wo kommen der Klang und die Bilder her, die kennt sie nicht, diese Trommel, wo kommt denn das Wort her, der Rhythmus, der Schwindel, der Knall, der Schuss. Welcher Schuss? Kein Zweifel: ein Schuss. Etwas stürzt, geht zu Boden. Kein Rhythmus, kein Wort mehr, vogelstumm. Clemens springt auf, sein Penis hängt triefnass. Er sieht sich um, verharrt und blickt geradeaus: „Da", sagt er, „da". Sie richtet sich auf, ein Mann liegt da, ein alter Mann, neben einem Gehwagen mitten im Wald.

Fuchs. Schlachten.

Der Fuchs läuft gebückt hinter den Sitzenden, trommelt und singt. Unterbricht die Trommel, wirft rohe Eier aus einem Beutel auf den Boden, ruft Marasa, ruft Krabinay, ruft Agwe. Die Sitzenden erheben sich, beginnen zu tanzen, als wollten sie Wasser abschütteln vom Körper. Nur Dr. Frömms geht stattdessen auf die Knie, verdreht den Kopf, dann geht er auf alle Viere. Seine Krawattenspitze schwebt jetzt über dem Boden, weist zum Erdmittelpunkt.
„Wolf", sagt der Fuchs zu ihm, „Wolf, Wolf".
Der Mann auf dem Boden scheut keinen Blick mehr. Er schaut in die Menge, winselt, knurrt und trollt sich auf Fingern und Zehen durch die Menge in Richtung der Schafe. Die anderen vier tanzen jetzt mit leerem Blick, die Band übernimmt den Trommelrhythmus des Fuchses. Dann gibt es eine Änderung, etwas kippt. Der Erste knickt

mit dem Kopf ein, sein Blick wird leer, dann folgt die Nächste, alle, die ein Praliné geschluckt haben, werden weich, verlangsamen die Bewegungen. Spannung weicht aus ihren Körpern, Rücken werden rund. Stehen wie Fragezeichen in der Gegend, Münder geöffnet.
Die Gäste verwandeln sich. Nur wenige sind entkommen: die kleine Gruppe um Rolf und Felicitas, die zum See gegangen ist, die drei jungen Männer aus dem Asylantenheim, Horst und die drei Musiker. Lydia und Clemens sind verschwunden.
Die Caterer trauen sich nicht mehr, die Gäste anzusprechen, von denen jetzt zwei Dutzend mit totem Blick im Hof herumstehen. Manche von ihnen geben Brummlaute von sich oder knirschen mit den Zähnen. Einer der Asylbewerber nähert sich einem Gast in Trance und stubst ihn an. Nichts passiert. Der Stubser dreht sich zu seinen Freunden um und lächelt vorsichtig. Dann fasst er den Mann an der Nase und zieht ihn daran vorwärts. Der Mann, ein schwerer Mann mit großen Füßen, tapst seiner Nase hinterher. Die drei Freunde biegen sich vor Lachen. Dann sehen sie sich um und gehen auf eine Frau zu, die mit dem Gesicht vor der Wand der Ostscheune steht. Sie besehen die Frau und beraten, was sie tun wollen. Die Macht schleicht sich in ihre Gesichter.
Die Caterer ziehen sich hinter einen Serviertisch zurück. Der Fuchs geht zu ihnen und sagt, was jetzt zu tun ist.
„Die Sau am Stiel in den Misthaufen stecken, ja? Mit dem Spieß einrammen, verstehen Sie? Wie eine Fahne."
Sie sehen sich an, die Männer und Frauen in Schwarzweiß.
„Was ist mit denen?", fragt eine von Ihnen vorsichtig und zeigt auf die Gäste.
„Reset", sagt der Fuchs.
Von der Schafswiese heult es wölfisch. Der Wolf mit dem Schlips versucht, eines der Schafe zu beißen, er wackelt im Vierfüßlergang hinter den Schafen her, einmal ver-

beißt er sich in das Schaffell, tiefer kommt er nicht mit dem kurzen Kiefer.
Der Fuchs sieht sich um, sein Blick sucht Horst. Der steht neben den Dixi-Klos. Er hat ein Stück Schwein auf dem Teller, mit Senf. Horst sagt:
„Gut, dass mir Lydia Pralinen verboten hat."
Man erinnert sich nicht, ihn zuvor lachen gehört zu haben.
„Schmeiß die Dixi-Klos um", befiehlt der Fuchs.
Horst legt die Fernbedienung der Drohne auf einen Stuhl und macht sich an die Arbeit.
Die drei Bandmitglieder hören auf zu spielen. Keiner tanzt mehr, außer der Drohne über ihren Köpfen. Sie gehen zu ihrer Sängerin, Slalom durch die herumstehenden Betäubten, von denen einige sabbern oder beim Ausatmen brummen. Sie führen ihre Sängerin auf die Wiese hinter die Ostscheune ins Atelierhaus.
„Iris", sagen und fragen sie immer wieder und streichen deren Wangen mit dem Handrücken. Iris hat noch ein halbes Praliné in der linken Hand. Sie setzen Iris auf das Sofa im Atelierhaus und wissen nichts mit ihr anzufangen. Iris legt die Hände in den Schoß, sie starrt geradeaus. Ihre Haare, ihr Stolz, hängen ihr ins Gesicht. Dann schleicht sich das Leben zurück in ihr Gesicht. Die Mundwinkel zucken im Wechsel. Die Frau rülpst und sagt danach mechanisch „Entschuldigung". Die anderen freuen sich, weil sie rülpst und spricht. Nur singen muss sie noch. Der Gitarrist summt eine Melodie aus ihrem Repertoire. Iris schließt die Augen und wiegt sich im Sitzen behutsam hin und her, dann stimmt sie mit ein.
Horst und der Fuchs stapfen zur Weide, es gibt viel zu tun, Horst soll eine Schüssel und ein Küchenmesser holen. Horst rennt in das Haupthaus, er springt über die liegenden Leiber. Die Caterer packen zusammen.
Der Fuchs ruft den Dr. Frömms-Wolf zu sich und klemmt dessen Kopf zwischen seine Beine. Er spricht auf ihn ein,

der Wolf winselt. Der Fuchs wartet auf Horst. Horst ist das Einzige, das sich jetzt schnell bewegt, alles andere ist erstarrt. Horst kommt angerannt. Der Fuchs nimmt ihm die Schüssel ab und das Messer. Er sagt, gleich wären sie nur noch zu zweit, er und Horst.
„Der Horst?", fragt Horst, „also ich?"
„Also du", sagt der Fuchs. „Willst du befreit werden?", fragt der Fuchs.
Horst ist sich nicht sicher: „Von was denn genau?"
„Neid, Eitelkeit, Ärger, Unglauben, Selbstzweifel. Der ganze Sack auf deinem Rücken."
Horst ist einverstanden. Als Erstes soll er den Wolf befreien. Der Wolf klemmt immer noch mit dem Kopf zwischen den Oberschenkeln des Fuchses. Die Zunge hängt ihm schräg aus dem Mund, er hechelt. Horst soll ihm kräftig in den Hintern treten. Das lässt sich Horst nicht zweimal sagen. Der Fuchs macht dabei die Beine breit und der Wolf holpert davon, zuerst auf allen Vieren, dann richtet er sich auf, blickt sich um und rennt über das Feld davon in die Dunkelheit Richtung Berlin-Neukölln. Horst soll sich jetzt ins Gras legen. Die Augen schließen. Der Fuchs bemurmelt ihn, singt, Horst darf die Augen nicht öffnen, bis der Fuchs es erlaubt. Horst muss atmen, muss summen. Dann ergießt sich eine warme Flüssigkeit über ihn, die riecht nach Eisen, er soll weiter atmen, nichts als das, bis der Fuchs ihm befiehlt, die Augen zu öffnen.
„Und jetzt hinsetzen", sagt der Fuchs und Horst gehorcht, er wischt sich die Augen frei.
Aus der Dunkelheit kommen zwei identische, nackte Mädchen die Wiese vom See heraufgestiegen. Sie stellen sich vor Horst. Die Rechte zeigt auf ihn. „Blut", sagt die andere. Horst beginnt zu schreien, er reißt die Augen weit auf und stürzt sich auf den Fuchs. Doch der Fuchs weiß sich immer zu helfen. Er hat Zähne, wie Fledermäuse sie haben.

Horst. Notaufnahme.

„Was ist passiert?", fragt der Arzt. Es ist ein junger Arzt, keine dreißig. Er schaut auf den blutigen rechten Unterarm.
Horst findet, dass der Arzt ein Milchgesicht hat.
„Ich bin gebissen worden", sagt Horst.
„Und das ganze Blut in deinem Gesicht?"
„Das kommt woanders her. Von einem Schaf, Schafopfer."
„Ah. Und du heißt Horst, ist das richtig?"
„Ja, warum?"
„Ungewöhnlicher Name für einen Siebzehnjährigen", sagt der Arzt, während er Horsts Arm hin- und herdreht, „und wer oder was hat dich gebissen?"
„Ein Arschloch."
„Mensch?"
„Würd` ich so nicht sagen."
„Warum hat er dich gebissen?"
Die Bisswunde ist so lang wie ein Zeigefinger. Ein Fleischlappen, der aus dem rechten Unterarm heraushängt. Aus einer Vertiefung sickert noch etwas Blut, die der Fuchs in seinen Arm hineingebissen hat, wie in einen Apfel. Ein Pfleger bringt eine Schüssel mit brauner Flüssigkeit. Horst muss den Arm in die Flüssigkeit eintauchen und dort zehn Minuten lassen. Der Unterarm verschwindet in der Schüssel. Horst muss an ein U-Boot denken. Es brennt gar nicht, denkt Horst. Er starrt auf die braune Flüssigkeit, bis sich keine Wellen mehr zeigen.
„Er wollte mich vernichten. Ich habe mich gewehrt. Er hat falsche Pralinen verteilt."
„Aha, verstehe. Wir werden das jetzt nähen, okay," sagt der Arzt. „Vorher betäube ich das lokal."
„Was heißt lokal?"
„Direkt dort, am Arm" sagt der Arzt und zeigt auf die Schüssel. Horst lässt den Arm auftauchen und legt ihn auf einer grünen Unterlage ab. Der Arzt hat jetzt weiße

Kunststoffhandschuhe an und betupft den Arm. Die Tupfer färben sich braun.
„Kann sein, dass es jetzt pikt", sagt der Arzt.
Der Arzt setzt mit einer dünnen Spritze immer wieder am Wundrand an und spritzt kleine Portionen von Betäubungsmitteln unter die Haut, sie sehen aus wie Kissen. Horst beobachtet das Eintauchen der Kanüle. Man spürt es kaum, vielleicht so, wie man eine Mücke spürt. Man soll nichts tun dagegen. Es soll gut sein für einen. Man kann sich beherrschen. Nur der, der ihn gebissen hat, der konnte das nicht.
Dann muss man warten. Der Arzt telefoniert, das Telefon zwischen Kinn und Schulter geklemmt und legt dabei die Instrumente zurecht.
Horsts Blick begegnet dem Augenpaar des Arztes.
Der klemmt eine Nadel in einen Nadelhalter. Es ist eine kleine, gebogene Nadel. Wie ein abgeknipster Fingernagel aus Stahl. Er berührt vorsichtig den Wundrand mit der Spitze der Nadel.
„Du bist tapfer", sagt er.
„Das waren keine normalen Pralinen", sagt Horst. Er denkt an den, der sich in ihm verbissen hat. Die Wut presst ihm Tränen in die Augen.
„Tut das noch weh?", fragt der Arzt und pikst ihn probeweise in den Arm. Horst schüttelt den Kopf.
Seine Haut wird durchstochen. Die halbrunde Nadel taucht in die Haut und ein und wieder hervor. Wie ein Delfin, denkt Horst. Ein blauer Faden zieht die Hautteile wieder zusammen.
Neben Horst treten jetzt zwei Polizisten. Ein älterer Mann und eine Frau mit Pferdeschwanz. Der Mann hat zwei Sterne auf jeder Schulter, die Frau drei.
„Wir möchten dir ein paar Fragen stellen", sagen sie im Chor. Sie hatten sich nicht geeinigt, wer sprechen soll.
„Die Ärzte sagen, dich hätte ein Mensch gebissen. Ist das wahr?"

„Ich bin mir nicht sicher, ob das ein Mensch war."
„Wie meinst du das?"
Horst schweigt.
„Sah er aus wie ein Mensch? Konnte er sprechen?", fragt die Frau mit dem Pferdeschwanz.
„Er ist dünn. Abgemagert. Vielleicht auch übertrainiert. Er spricht, aber wenig, oft nur einzelne Worte. Er sagt zum Beispiel ‚Brot' oder ‚Jetzt du'. Bevor er mich biss, hatte er ein Schaf getötet. Er hat verwunschene Pralinen verteilt, mit Drogen drin."
„Weißt du den Namen des Mannes?"
„Sie nennen ihn Fuchs". Man kennt ihn aber noch nicht gut, dort wo es passiert ist, auf der Party. Er war dort eingeladen, als Künstler. Er sollte performen."
Die beiden Polizisten arbeiten eine Liste mit Fragen ab. Einer telefoniert zwischendurch. Sie fragen, ob er wisse, wo dieser Fuchs wohnt.
„Unter der Erde", sagt Horst.
Später kommt noch ein zweiter Arzt, der fragt nach Kontakt mit wilden Tieren, nach Schaum vor dem Mund, nach großem Durst bei Horst oder dem Fuchs. Er nimmt Horst Blut ab und gibt ihm einen Becher, in den er hinein pinkeln soll. Dann kommt eine Ärztin, die Horst Fragen zu seinen Eltern und seinen Freunden stellt. Am Schluss fragt sie, wie Horst sich fühlt, wie es ihm geht. Und nachdem Horst geweint hat, darf er gehen. Als er aufsteht, sieht er Lydia im Türrahmen stehen, angelehnt mit der Schulter beißt sie in ihren Zeigefinger. Horst hat einmal einen Film gesehen, in dem man einem Soldaten ein Hölzchen zum Draufbeißen gab, bevor man sein Bein amputierte.
Lydia umarmt ihren Sohn. Horsts Arm mit dem verbundenen Finger baumelt dabei herab.

Fuchs. Schließfach.

Der Fuchs sitzt am oberen Rand der Freitreppe und blickt über den Hof. Leichter Regen hat eingesetzt. Er lutscht an irgendwas. Der Hof, die Weide, die Wiesen sind wie ein Schlachtfeld, auf dem mit Einbruch der Nacht Frieden eingekehrt ist. Ein Rettungswagen hat Horst und den Wolf abgeholt. Die anderen bewegen sich wieder und kriechen langsam davon. Die Musiker sind abgezogen, die Eritreer in die Container am Dorfrand zurückgekehrt, die Caterer verschwunden. Sie werden Gläser, Geschirr und Schüsseln abholen, wenn es hell ist. Der Schweinskopf liegt auf dem Misthaufen, die Schnauze zum Haupthaus gerichtet. Den Zwillingen wurden von den Eltern Handtücher umgelegt, sie wurden barfuß nach Hause geführt, es ist ja nicht weit. Die vier Bewohner des Resthofs haben sich kreuzweise arrangiert, Clemens hat eine Schnapsflasche geholt und ist wieder im Wald verschwunden, Felicitas und Rolf sind nicht wieder aufgetaucht, das Haupthaus ist leer, über den hinteren Teil des Hofs stolziert eine Krähe.
„Die Natur", sagt der Fuchs in die Stille hinein „ist indifferent. Die humanoide Welt ist entzaubert worden, durchgerüttelt im Spiel von Ordnung und Chaos."
Der Fuchs möchte diesen Moment festhalten, da alles durchmischt und neu arrangiert ist, diesen Moment der neuen göttlichen Ordnung. Er muss sich erden, er muss ein Opfer bringen, nur das, nur das eine, wenige noch und er wird ein wenig höher steigen. Er macht sich auf die Suche, schnuppert an der Treppe, am Haus, nimmt hier und da etwas Geld, läuft über die Wiese, macht kleine Sprünge, gelangt zum Briefkasten, dort wird es sein. Fingert vom Briefschlitz aus hinunter und angelt mit Zeige- und Mittelfinger den Umschlag hervor.
Der Taxifahrer sagt zu ihm: „Erst einen Greis im schwarzen Anzug in den Wald fahren, jetzt einen Guru in Weiß

zum Bahnhof. Wofür bin ich eigentlich von Berlin weg?" Dann sitzt der Fuchs im Frühzug nach Hamburg. In verdreckter weißer Kleidung, einen alten Koffer und ein paar Beutel als Gepäck, etwas Blut an den Lippen. Man macht einen Bogen um ihn.
Er wird den Fetisch aufladen und weihen mit den Sachen im Koffer, die aufgeladen sind mit Erinnerung. Dann wird ihn Felicitas nochmal besuchen.

Rolf. Aufbruch.

Wieder Rhodos, aber diesmal als neue Heimat, als Sehnsuchtsziel. Alles einprägen, denkt Rolf, alles erschließen, als er aus dem Flughafengebäude tritt. Das Haus sei bezugsfertig, hat Petrides geschrieben, er würde ihn vom Flughafen zum Essen abholen. Und eine schöne Überraschung habe er auch.
Rolf möchte sich neu erfinden. Er will abschließen mit dem Business, dem Ehrgeiz, der Kälte, dem braungraugrünen Deutschland in Brandenburg. Er wird einen Sprachkurs besuchen, verschmelzen mit dem neuen Ort und den Sitten. Das Temperament der Griechen wird auf ihn übergehen, wie ein Rhythmus. Er wird griechifizieren.
„Ein hungriger Bär tanzt nicht", hat Petrides gesagt und ihn direkt vom Flughafen in ein Restaurant gefahren.
„Die Umbauten sind sehr schön geworden", sagt er. Und das, obwohl er natürlich kein Architekt, sondern Makler sei. Er lacht und schlägt Rolf auf die Schulter. Dann fahren sie zu Rolfs neuem Haus. Die Gasse leuchtet, das Tor bittet herein, das Sonnensegel taucht den Innenhof in sanften Schatten.
„Das Hotel hat ihn vorbeigebracht. Runa hat vermittelt. Er muss gekommen sein, als du abgereist bist." Vor der Haustür steht Rolfs verlorengegangener Koffer. Mit der

alten Kleidung, den Büchern, dem Laptop aus dem Konzern. Ein Mahnmal aus Polycarbonat.

Felicitas. Drohne.

Felicitas öffnet die Datei, die ihr Lydias Sohn zugeschickt hat. Es ist der Film der Drohne. Er hat ihn mit elektronischer Musik unterlegt. Man sieht einen spätnachmittäglichen Sommerhimmel, tiefblau, aus der Vogelperspektive sieht man eine grüne Front Wald auf sich zukommen, dann kommt das Retreat ins Bild, der Backstein, das viele Grün, die Menschen auf dem Hof, geschäftiges Treiben. Man erkennt die Musiker, die Mitarbeiter des Caterings. Eine Modelleisenbahnlandschaft. Dann entdeckt Felicitas sich selbst im Gespräch mit den Eltern der Zwillinge. Die Drohne fliegt tiefer, man sieht Menschen, die sich gegen die Sonne die Hand über die Stirn legen, manche zeigen mit der anderen Hand auf die Drohne.

Schnitt. Spätere Aufnahmen in der Dämmerung, die Farben dunkler, die Kontraste schwächer, von härteren Beats unterlegt. Von der Landstraße sieht man Straßenlaternen als gelbe Leuchtpunkte am Bildrand. Man sieht eine Frau tanzen, die Frau des Bürgermeisters, mit kreisenden Beckenbewegungen um die Feuerstelle, Menschen liegen und stehen gekrümmt im Hof. Die drei Männer aus Eritrea füttern hinter der Ostscheune eine sitzende Frau mit den Fingern. Dann werden Baumspitzen knapp überflogen, ein dunkelgrünes Meer, Lichtungen, Pfade, zwischen den Bäumen, plötzlich zwei helle Leiber, verschlungen, der Drohne ist das egal, etwas weiter steht ein Mann in Schwarz am Rollator, Gust, sie weiß schon, dann ist er aus dem Bild, jetzt käme ein Schuss, würde man diesen Stummfilm vertonen.

Die Drohne dreht ab, Wolken getupft, in den Kronen der Bäume ein Windspiel. Hinten rechts zieht ein Streifen Acker durch die grüne Erhebung, Spur des Menschen, Schürfwunde. Ein Jahr, menschenleer, und sie würde verheilen. In einer Senke hinten sammelt sich Wasser: der See. Abgerundete Ufer, Sand, Schilf. Hier wechseln die Elemente, hier ist der Einstieg und keiner kennt die Tiefen des Wassers, die Wege im Blautopf, verborgen unter den Bäuchen der Fische am Grund, die Wege im Karst, durch Spalten, Kammern und Löss, bis endlich der Fluss wieder ein Spiegel des Himmels ist.

Danksagung

Danke an Ina Bruchlos, Lars Dahms, Alexander Posch, Lou Probsthayn, Gordon Roesnik, Katrin Seddig. Dank auch an Henning Christoph vom Soul of Africa Museum in Essen und an Ulrike Schuldes und Ulrike Köhn. Und an Christina sowieso.

Alexander Rösler

war Provinzbewohner, Gesamtschüler, Torwart, Kontrabassist, Schauspielschüler und Medizinstudent. Er war und ist ein wortbegabter Short-Story-Schreiber, hat zusammen mit Philipp Sterzer das großartige Sachbuch „29 Fenster zum Gehirn“ geschrieben und laut Thomas Andre mit seinem ersten Roman „Unter Kitteln“ für eine der literarischen Überraschungen in der Literatursaison 2020 gesorgt.
„Der Mann hier unten“ ist sein zweiter Titel im Literatur Quickie Verlag.